U0747234

当代金融文学
精选

诗歌卷

主编 —— 阎雪君

湖南大学出版社

图书在版编目（CIP）数据

当代金融文学精选.诗歌卷/阎雪君主编.—长沙：
湖南大学出版社，2019.11
ISBN 978-7-5667-1815-0

Ⅰ.①当… Ⅱ.①阎… Ⅲ.①中国文学－当代文学－
作品综合集 ②诗集－中国－当代 Ⅳ.① I217.1

中国版本图书馆 CIP 数据核字（2019）第 264043 号

当代金融文学精选·诗歌卷

DANGDAI JINRONG WENXUE JINGXUAN·SHIGE JUAN

主　　编：阎雪君
责任编辑：全　健　饶红霞　郭　蔚　李　婷
责任校对：尚楠欣　周文娟
装帧设计：秦　丽
出版发行：湖南大学出版社　　　　　　责任印制：陈　燕
社　　址：湖南·长沙·岳麓山　　　　邮　　编：410082
电　　话：0731-88822559（发行部）88820008（编辑室）88821006（出版部）
传　　真：0731-88649312（发行部）88822264（总编室）
电子邮箱：presszb@hnu.cn
网　　址：http://www.hnupress.com
印　　装：长沙鸿发印务实业有限公司
开　　本：710mm×1000mm　16 开　　印张：301.75　　　字数：4481 千字
版　　次：2019 年 11 月第 1 版　　印次：2019 年 11 月第 1 次印刷
书　　号：ISBN 978-7-5667-1815-0
定　　价：1980.00 元（全 12 册）

版权所有，盗版必究
湖南大学出版社图书凡有印装错误，请与发行部联系

组委会

顾　问	唐双宁
主　任	梅志翔　杨树润　宋　萍
委　员	王海光　余　洁　张　亮　曾　萍　王全新

编委会

主　任	杨树润　宋　萍
副主任	郭永琰
委　员	阎雪君　王全新　龚文宣　廖有明　庄恩岳　王新荣
主　编	阎雪君
副主编	王全新　龚文宣　王新荣

选编办公室

主　任	龚文宣
副主任	王新荣
统　筹	朱　晖　范业亮　鲁小平

各卷选编组

长 篇 小 说 卷	赵　宇　牟丕志　徐建华
中 篇 小 说 卷	冯敏飞　张　奎　高建武
短 篇 小 说 卷	符浩勇　邓洪卫　李永军
散 文 卷	陈立新　王炜炜　任茂谷
诗 歌 卷	罗鹿鸣　吴群英　龚仲达
报 告 文 学 卷	祁海涛　李　晖　甘绍群
影 视 戏 剧 文 学 卷	杨　军　何　奇　高　寒
文 学 理 论 与 评 论 卷	廖有明　李毓玲　黄国标

故事感动历史 文学照亮人生
——记载和讴歌壮丽的中国金融事业

中国金融文学艺术界联合会主席 梅志翔

古人云："盖文章，经国之大业，不朽之盛事。""文章千古事，得失寸心知。""江山留后世，文章著千秋。"由此可见，文章是经国济民的大事，是记录时代的大事，是讴歌时代的大事。

文脉与国脉相同，文运与国运相连。2019 年是中华人民共和国成立七十周年，七十年风雨沧桑，七十载山河巨变。七十个春秋，发生了多少震撼人心的故事，承载了多少金融人的热血情感。在过去的七十年中，中国金融事业伴随着新中国的成长不断地发展和壮大，取得了举世瞩目的成就。这些成就的取得不仅得益于新中国的好国情、好形势，更得益于数以千万计的金融职工筚路蓝缕、开拓创新，继往开来、一往无前的无私奉献。

新中国的金融事业无论在理论领域，还是实践领域，取得的成就都是翻天覆地、亘古未有的，中国金融人在专业领域创造了一个又一个奇迹，我们用几十年的时间追赶上西方人上百年甚至几百年金融发展的步伐。金融发展过程中涌现出了很多可歌可泣的故事，这些故事都是由千千万万顶天立地、敢作敢为的中国金融人用行动书写出来的锦绣篇章。中国金融已经成为支撑和推动经济发展的核心动力和促进时代繁荣的重要表征，为金融文学的创作提供了源源不绝的营养，金融文学像中国金融事业一样，是一片值得深耕的沃土，是一个内含价值极高的宝藏。

文章合为时而著。文学就应该为时代鼓与呼，金融文学就应记录和讴歌壮丽的中国金融事业。可长期以来，由于种种原因，中国金融文学创作未能与中国的金融事业取得同步的发展，金融文学作品创作落后于金融事业发展，在全国林林总总的文学橱窗和文艺殿堂里，金融文学常常缺席，在文学领域难闻金融之声，在文章海洋难觅金融浪花，在文化磁场里难以感知到金融文化的力量。2011年11月，在中国金融工会的大力支持下，中国金融作家协会正式成立；2013年5月，中国金融作家协会光荣地成为中国作家协会的团体会员。这是中国金融文学史上的一件大事和盛事，因为它不仅实现了金融作家组织的"零"的突破，而且让全体金融作家找到了心灵慰藉的"家"，它让所有金融作家找到了归属感和荣誉感。此后，金融文学创作不再是"不务正业"的闲事，而是可以为之终生奋斗的正事。过去许多金融作家在涉足文学创作上，"温温恭人，如集于木。惴惴小心，如临于谷。战战兢兢，如履薄冰"。如今在文学的康庄大道上，金融作家不用再羞羞答答地迈着碎步，而是可以昂首阔步地勇往直前。在中国金融工会、中国金融文联、中国作家协会的关怀指导下，七年间，中国金融作家协会延伸机构已经达到23家，其中先后成立省（自治区、直辖市、计划单列市）金融作家协会13家、总行（会司）作家协会10家。截至2018年底，中国金融作家协会已发展会员942人（其中，中国作家协会会员76人）。中国金融作家协会从无到有、从小到大、由弱到强，让写作变成了与金融工作一样充满阳光的事业。

执一支笔，写万千事。是啊，文学就这样不经意嵌入了金融人的生活，像春雨滋润着金融人，让金融人感恩生命的厚爱，让金融人的每一天、每一刻都充满激情、蓬勃向上；像疾风提示着金融人，生活和工作是坚守，也是搏击。文学之美让金融人心生愉悦，让日子有奔头，生活有笑声，奔跑有动力；文学之美让金融人涨满风帆，努力创造和实现自我价值、社会价值。值得肯定的是，一大批以金融人物为塑造对象的文学作品，都具有鲜明的时代特色，催人奋进。金融生活中无数可歌可泣的故事，不仅反映了金融系统广大员工投身改革、勇于奉献的精神，而且传播金融理念、倡导金融精神，展现了金融现实生活与人文关怀，成为千万金融员工启发心灵的精神力量。

在互联网金融时代，中国金融作家协会充分认识到平台对于会员发展的巨大推动和促进作用。金融作家协会是全体金融作家的"创作之家"，长期致力于为金融作家搭台子，为全体金融作家提供广阔的施展空间，为全体会员搭建了三大平台：《中国金融文学》杂志、《金融作家》公众号和中国金融作家网（内部）。《中国金融文学》杂志为季刊，设置了中篇小说、短篇小说、散文、诗歌、诗词、金融报告文学、金融作家随笔、金融作家艺术家、金融作家作品评析、金融文坛风景线、史海沉钩、学习与借鉴、金融文学剧本等18个栏目，每期发行3.2万册，年刊登作品数量近300篇（首）近100万字。目前，《中国金融文学》杂志不仅成为中国作家协会直属的行业作协重要会刊，为作家们提供施展才华的舞台，也是弘扬时代精神、传播金融文化和连接全国金融员工的重要文学桥梁，成为金融系统内外大众喜爱的读物。《金融作家》公众号，年发表300多位金融作家400多篇优秀作品。为了搭建多形式、多渠道的平台，中国金融作家协会还协同《中国金融》《金融时报》《金融博览》《中国金融文化》《银行家》《金融文坛》《金融文化》等报刊，为金融系统作家文学爱好者提供了更加广阔的文学舞台。

自中国金融作家协会成立以来，以"中国金融文学奖"为支撑点，着力创建金融文学品牌。自2011年至今已经成功举办了三届中国金融文学奖的评选，累计有200余部（首）作品获奖。中国作家协会领导及著名作家、评论家李敬泽、阎晶明、李一鸣、彭学明、梁鸿鹰、邱华栋、孙德全、何振邦、冯德华等人担任终审评委，体现了获奖质量和评奖的权威性。中国金融文学奖评奖活动范围广、层次高、影响大，评奖后正式发文通报全国金融系统，新华社、《人民日报》《光明日报》《文艺报》《金融时报》等多家媒体都进行了宣传报道，在全国引起了较大反响。

"千淘万漉虽辛苦，吹尽狂沙始到金。"这些文学成就充分证明广大金融作家具备了胸怀国家、胸怀金融的视野，金融扶贫、绿色金融的理念已经扎根于他们的作品中。如反映农村金融扶贫的《天是爹来地是娘》，带领乡亲脱贫致富的电影《毛丰美》，讴歌金融体制改革的长篇小说《新银行行长》《贷款》《高溪镇》《催收》，反映金融服务实体经济的《银圈子》《希望银行》

《海天佛国的中行人》《驼背银行》，反映促进多层次资本市场健康发展的《资本的血》《中国金融风云》，健全金融监管体系的《一眼看穿金钱骗术》，记录金融历史的《大汉钱潮》，等等。创作题材涉及金融改革发展的方方面面，创作类别也涵盖了长篇小说、中篇小说、短篇小说、散文、诗歌、评论、影视剧本、报告文学等。一部部作品记录的是金融事业的一个个生动场面，一串串诗行呈现的是金融人的一幅幅鲜活画卷。这是中国金融事业的春天，更是中国金融文学的春天。

成绩的取得主要归功于三个方面：一是经过新中国七十年的大发展，中国金融事业取得了令世界瞩目的成绩，它为文学创作积蓄了肥沃的土壤；二是中国金融作家协会励精图治、奋发有为，以快马加鞭的节奏为会员创作提供了绝佳的环境，为金融作家创作提供了一流的服务；三是中国金融战线上涌现了一批有思想、有情怀、有理想、有能力的作家，他们快乐地奋战在金融第一线，幸福地记录着身边优秀的人、精彩的事。这三个方面因素凝聚了"天时地利人和"的精华，而精华的基石还是中国金融事业的波澜壮阔和发展壮大。

如何让金融文学为中国文学大家庭发光发热，并成为指引全体金融文学人前行的光亮，这是中国金融作家协会重点研究的课题。经中国金融文联批准，中国金融作家协会与湖南大学出版社通力合作，决定由中国金融作家协会征集、选编，湖南大学出版社出版《当代金融文学精选》一套，系统地展现新中国成立七十周年以来，中国金融题材小说、散文、诗歌、报告文学、剧本、文学评论等创作成果，弥补当代中国文学丛林金融文学丛书的空白和缺憾，以推举和激励优秀金融文学艺术工作者，繁荣中国金融文学事业，为新中国成立七十周年献上一份金融人的文学厚礼。

《当代金融文学精选》堪称鸿篇巨制。本套丛书以讴歌金融人的精神为己任，根据文学自身的规律和金融文学的特征，秉承"金融人写金融事"为主要特征的文学理念，确定基本框架，精心策划，精心遴选，精心编排。为了确保作品的质量，中国金融作家协会成立了以中国金融文联领导、专家和杂志编辑为编委的作品编辑委员会。按专业特长分工，从金融机构和作家申报的作品中，经过长达数月的辛勤工作，最终组稿成12卷本的中国当代金融文学精选丛书一套：长篇小说4卷、中篇小说1卷、短篇小说2卷、散文

1卷、诗歌1卷、报告文学1卷、影视戏剧文学1卷、文学理论与评论1卷。选取了长篇小说23篇，中篇小说15篇，短篇小说45篇，散文45篇，诗歌近400首，报告文学31篇，影视戏剧文学10篇，文学理论与评论37篇。硕果累累，气势恢宏。

这些入选作品是新中国成立以来，尤其是改革开放四十年来壮丽的金融事业发展记录，更是中国金融事业取得巨大成就的见证。中国金融作家协会在中国金融文联和中国作家协会的正确领导和大力支持下，以记录和讴歌壮丽的中国金融事业为使命，带领全体作家深入学习贯彻习近平总书记有关文艺和金融工作重要讲话精神，以深化金融作家组织建设为基础，以宣传介绍金融行业先进的人物和事迹为重心，以鼓励和扶持金融作家创作优秀作品为己任，以推广金融作协和金融作家的影响力为追求，以文学的名义用精品力作为中国的金融事业鼓与呼。

从"养在深闺无人识"到"万人瞩目任端详"，《当代金融文学精选》能在这么一个值得纪念的年份出版，这是全体金融作家的幸事，更是金融文学的幸事！广大金融作家适应行业需要，兼顾写作的实用性、文体的多样性、参与的广泛性，初步形成中国金融文学的特色，那就是"写人叙事，不拘文体。信札公文，亦可荟萃。百花竞放，满园春色。开锦绣文章之先，为中国金融存史"。作为一名金融作家，最荣耀的不过是将自己最精彩的作品奉献给国家、社会和人民，让自己的作品与祖国同寿，与天地齐辉。这是一名金融作家对新时代最好的表达，也是一名金融工作者最无上的光荣。祝贺所有入选丛书的金融作家，也衷心感谢那些为金融文学默默奉献的金融作家和广大的金融工作者！

寄语金融文坛好，明年春色倍还人！

是为序。

2019 年 9 月 7 日

北京金融街

目录
Contents

371 第二辑 古体诗

第一辑

现代诗

一些暗下去，一些亮起来

■ 胡浩

（外五首）

不久，冬至将至

三九也将至

一些事物逐渐暗了下去

村庄，河流

山峦暗了下去

一棵树也暗了下去

比如一棵银杏

一棵京槐，一棵红枫，一棵梧桐

一棵玫瑰，暗成暗紫，暗红

暗黄，甚至暗成铁。黑夜也暗了下去

一只乌鸦在树枝上加重了它的暗

一只野兔，一只田鼠

一只刺猬暗了下去，藏在了土地的背后

一个少女也暗了下去

被一条厚围巾挡住

一个老人彻底地暗下去了，熄灭了

最后的灯火。但阳光亮了起来

阳光走在风雨后

也走在重阳后，阳光如梳，透彻，温暖

怡情。一座仓廪亮了起来，一溜冰凌在屋檐下

亮了起来，一串辣椒在门墙上亮了起来

亮起来的还有松柏，修竹

梅花。一处向阳坡，沿着向阳坡伸展的那条柏油路

也亮了起来。火锅炖羊肉亮了起来

一壶花雕亮了起来，一串贺冬的鞭炮也准备亮起来

一双世俗、慵懒的眼在冬至将至的时刻

突然亮了起来

京郊遇大雾

一群白马，正从天地之际

萧萧而来

马衔环，衔铃

马的奔腾

寂静无声

是谁把马的鬃发

高高扬起

马背上是英俊的天空

你只有匍匐大地

用你的双耳
才能辨认马群消失的方向

等待冬天的第一场雪

请不要敲窗，也不要
触碰我脆弱的呼吸
削了你的足来
反穿着黑夜来

无非是些野生的梨花
芦花，从天空
从天空的某处幽谷
某处静泊坠落
无非是在黑纸上
写下天马行空的白字
但我认你为天使
认你为铂金

世界多炎
少凉
甚嚣尘上
需要一双镇定的手
按住尘埃
按住山河滚烫的额头

（前三首原载《人民文学》2012 年第 2 期）

水泵房

夜
举着一盏灯
在村庄最深最静处
明灭

河流痉挛
而田地、庄稼
以及乡亲们的梦境
被温暖着

我是唯一的夜行者
但不是唯一被照亮的人

（原载《青年文学》2007 年第 5 期）

阳光走进一只苹果

阳光走进一只苹果
一只苹果抿抿嘴
圆圆的脸蛋
便由青转红。其实
阳光也就那么轻轻地一闪
比一缕风慢一些，比一双眼睛的一眨
快一点，阳光就这么走进了一只苹果
像一个人走进另一个人心里
他们依着一片枝叶

一滴清露，酝酿一个美丽又甜蜜的故事
整个秋天
洋溢着的阳光的芬芳
都在十里八乡流传

听蝉

谁的一把短笛
搁在了秋风的唇齿

田野上爆裂的豆荚
打在了青花瓷的天空

黄昏后的雨脚
匆匆跑过寂静的荷沿

藏匿在近处
伸手却不可即地歌唱

（后二首原载《诗歌月刊》2010 年第 6 期）

‖ 作者简介

　　胡浩，男，湖南安乡人，中国作家协会会员，现任中国工商银行党委委员、执行董事、副行长。在《人民文学》《诗刊》《青年文学》《诗歌月刊》等文学刊物发表诗歌数百首，出版诗集《十二橡树》《温暖的事物》及经济金融类著作 20 多部。

我曾长久地仰望蓝天

■ 陈人杰

（外七首）

那时候，我曾长久地仰望蓝天
仿佛无限高处，真的藏着什么
仿佛仰望是有效的，透明中
延伸着神秘的阶梯

大地上的河流、树木、庄稼
它们以什么方式和天空联系？
灶边坐着母亲，青稞酿成新酒
但炊烟并没有真的消失
它们肯定飘进了空中的殿堂

天空，肯定收留了大地上的声音
包括我的仰望
我看见蓝天俯视着我

它的眼神越来越蓝

那时候，我曾长久地仰望蓝天
那时候我多么年轻、纯洁，仿佛有用不完的
憧憬，和好时光
在最黑的夜里我也睁大过眼睛
我知道会有金色的星星出现
梦幻的舞台搭在高处，那上边
不可能是空的

姐 姐

唢呐吹着春天
花轿点红翠绿，仿佛你
再也回不来了，姐姐
上陈村，仅一水之隔
一声哽咽，隔开了土路、汗渍和星光

另一缕炊烟接走了暮色，姐姐
母亲去后，你一直就是我的母亲
瓦片下，暗影憧憧，鸟雀搬家
当另一口井水映出你的命运
我被井绳磨烂的小手
就只有交给秋风来疼了

但血浓于水，骨与肉再一次咬紧
把米缸的米，一粒一粒装进口袋，偷到集市上
从粗暴的丈夫背后，你用

胆怯、羞愧和慌乱

为我攒学费

在油灯下为我补衣服

四千里外的教室里，我的脑海

常被刺眼的阳光和影子围剿

而在上陈村，门槛无语

窗台上的喜字，和你的青春

都在迅速褪色

姐姐，岁月一褪再褪，你的青丝

终于在风雨中褪出了霜雪

唯有稻子还在疯长，更多的米

像泪珠一样滚到世间

唯有你手里的针，还能准确地

找到岁月中贫穷的空洞和裂隙

姐姐，因为你

我记得所有贫穷的角落

在城市，每当看到那些在屋檐下缝补的人

我都会想起荒废日久的家园

而她们手中的针，总是用锋利和疼痛

准确地，把我和你连在一起

（前二首分别选自《中国诗歌》2010年第5期、《诗刊》
主题诗选《心声2010—2014》）

在我身体的某个角落

在我身体的某个角落
有个冰冷的房间
当我睡着的时候，我不知道它的门和窗
是否吱呀一声打开过

多少年了，我习惯从总体上把握自己
却无法进入自己的局部
我不了解自己的秘密
无意中，我一直做着懵懂的人

也许，我注定是个沉睡者
在我的身体里，只有一个冰冷的房间醒着
我带着它颠簸
就像命运带着我在世上颠簸

视觉和幻觉，活着的和死去的
都与这冰冷的房间无关
——像某个古老的遗址，它的门环和油漆
都是寂寞的

（原载《诗刊》《2008 中国年度诗歌》《中国 2010 年度诗选》）

鹰

它看上去一副老相，但非老态龙钟
从尖利的喙子、红色眼圈
可以看见天空暗藏的死结
它老，与年龄无关，与怜悯无关
它的老，是地老天荒的老，仍有
从万物的心脏取出刀锋的本领

它有很多形容词，显然雄鹰的雄不是性别
而是将我的心从媚俗的肉身里兑换出来
在愈来愈高的苍穹上变幻出不可企及的弧线
显然它的翅膀在自己的回声里变硬
当它再一次翻腾
它成为风暴的源头、江河的源头、雪山的源头
天空中帝国的源头
它的长唳，像从另一个国度传来的圣谕

再也没有什么想象了，但生活如果没有想象
我们依靠这魂一样的精灵做什么？
我们该向谁学习飞翔？
它不断升高，接近崇高，又俯冲下来
重回深处的磨难
一生，生于羽毛，困于翅膀
它已使尽了所有的力气
仍不能变成一道光向太阳奔去
如苦胆高悬，衰老的荣耀纷披着年轻的梦幻

雅鲁藏布

整个下午，我在岸上静坐

潮来往，云卷舒，渐渐地我变成了漩涡

被沉默无声的湍急收藏

我要感谢这宽广的河床，以及谜一样的眼睛

伟大的爱，是一种可以触摸的命运

一滴水珠就是数个世纪。而我的生命仿佛是

另一条长河，畅游着不知疲倦的鱼儿

撒着死亡那不可捉摸的网

水草、摇晃的皱纹和盐的味道

当我再一次端视，雅鲁藏布奔流

高原如码头，如词语们歇脚的厚嘴唇

在拉萨河畔安排死去的狗

刺骨的拉萨河水如虚拟的温床

死亡如偎依，黄昏如天光

不死的精灵，黑色鬃毛比时间更坚硬

空气中还保存着不曾离去的生

那是另外的黄昏，你沿着太阳岛环城南路

前往大昭寺、布达拉宫广场

那是落日、影子的声音……

仿佛等待天堂纵身一跃

大地唤来新的灵魂

拉萨河不会为任何事停留，红眼的门铃

电话号码，荡来荡去的寒冷扁舟……

既非轮回，亦非新生，世界看着你
世界无法让人信以为真
我看着你，用痛苦搂紧这人间
慈悲的黄昏，把生命献给水和永恒

（前三首原载《诗刊》上半月刊 2015 年 10 月号）

高原之树

再怎么生长
也长不成江南

它自成逻辑
自有一生

从根尖到叶梢
锁住鹅毛大雪

风吹不走它的影子
风找不到它孤独的理由

（原载《人民文学》2016 年第 4 期）

月亮的邮戳

玉麦，九户人家的小镇

扎日神山下，隆子、卓嘎、央宗姐妹

九户人家，九支谣曲
九个良宵，九座雪峰是快乐的孩子
大经轮叶片转动
九个星座是感恩的涌泉

春风吹开雪莲花的时候
我给你写信
信封像雪一样白
上面盖着月亮的邮戳

（原载《扬子江诗刊》2018 年第 5 期）

‖ 作者简介

陈人杰，浙江天台人，中国作家协会会员，中国金融作家协会理事，供职于中信证券公司。曾获第七届鲁迅文学奖提名奖、徐志摩诗歌奖、《诗刊》青年诗人奖、《扬子江》诗学奖、珠穆朗玛文学艺术奖特别奖等奖项。作品入选《新中国六十年文学大系·60年诗歌精选》《"青春诗会"三十年诗选》等。三届援藏干部，2014年度中国全面小康十大杰出贡献人物。

藏地诗歌

■ 罗鹿鸣

（组诗）

我想活得像一朵云

我想活得像一朵云
这朵云，最好活在高原的蓝天
孤单，自由，而不失高洁
即使有一点放荡不羁
也是在天空的宽恕以内

没有强大的云海，作为组织
更不要厚重的云层，当作后台
向往一种简单的幸福
使姿态也变得简简单单

不管群山是否仰望
不管江河如何评判

不管方向是否分为西北东南

哪怕就要消散于无形

也保持一种对天空的忠贞

（原载《天涯》2017 年第 4 期）

土伯特人

高原如盾牌抵挡太阳之箭抵挡雪风之九节鞭

岁月之利戟还是把它砍伤了，沟沟壑壑可供考证

这自然之杀戮却催生了一群高原之子

他们同牛毛帐房一道菌开在漠野

他们是土伯特人是高原青铜之群雕

他们用糌粑用手抓用奶茶雕塑骨架

站立如大山躺倒如巨原奔驰如羽翼之马

他们将哈达从历史之死线团里拽出来

拽出来成白洁之河流过生与死

涨起诞、婚、节日之方舟

他们用锦袍用狐皮暖帽用牛皮靴子

给生活刻画线条给牧歌插上翅膀给人生打上戳印

从莽原索取野性冶炼成粗犷锻压成豪放

却将绵羊牦牛驯化成温顺之楷模给女人效尤

却不把奔马之四蹄驯化成没有脾气的木头

否则就没有女人用丛生之发辫去缠他们的肩膀

女人们古今都是天地牙缝中的尤物

金戒指银耳环白项链绿玛瑙把每一个晨昏碰出声音
她们以此为马尔顿来打扮穷富
笑花和泪雨和情人的眼睛也少不了它们装饰
就这样一丛华贵的金属给她们套上了重轭
经过少女嫁娘老妇之驿站没能松脱始终

他们用火抹去生老病死之苦痛
他们请鹰隼腹葬总难结果之欲望
让灵魂在活佛念珠的轮转中超度永远
然后把天堂在心上筑成浮图
他们幸福的归宿便在脸上开出高原红

他们古朴善良独角兽一般纯洁
他们是土伯特人是高原青铜之群雕

（原载《诗刊》2012 年第 9 期）

沉船

——献给长江首漂勇士尧茂书

于是，我戴着雪峰之头盔行进没有回头
行进在雪莲、红柳、沙枣花的队列
行进在历史与现实交响的休止
两岸之沙丘像我的痛苦无目的地搬迁
白毛风是我的歌子传播我的悲喜
我抖动肩膀将星星的注目搅得模糊
我合张的肺叶如江河源奔泻迂回

给我橡皮筏给我意志之木桨吧

我要漂流流出历史之河床流向立交构思

让野驴、野牦牛列成游动之堡垒迎接

让白唇鹿因嫉妒而奋蹄叩击回浪之悬崖

让天葬之悲声将我推向波动的原平线

让欸乃之声让涌浪之声覆盖我的灵魂

让生死之狭缝里突发最后一道闪电

抽落我三十年里森林般的日子

不知道世界多大而自己只是地球上的流萤

应该通体燃烧照亮哪怕簸箕大的一块沉静

长寿的碌碌无为不见得胜过辉煌的短暂

如此我在千万人目光的触摸中沉船

波浪笑得平静我拒绝不了它的诱惑

然后变成鱼在长江下游听渔歌号子

变成记忆在后生中听怯弱的忏悔

变成灵感迫使小说家的笔戳穿稿纸

使自然对我刮目使所有的不解者对我仰头

我沉生为暗礁,这是水族为我立的丰碑

我将更多膜拜我的化身召集起来编成连排

在某个咯血的早晨突然长大为一座山

使河流改道听任吩咐我是自然之王子

令滂沱的天文雨抹去缺乏钢性的花

令陨落的警钟在历史的长廊里震响不息

人们意识了昔日之可悲胆子赶不上漂流之枯叶

便有蝗虫般涌来的橡皮筏向未来宣示什么

(原载《瀚海潮》1986年第4期)

仰望星空，在珠峰

积五十一年的勇气与力量
我栽下自己
栽在星光诡秘而冷清的土壤里
栽在远离尘世的珠穆朗玛
栽成有血有肉的风景
目光的枝叶
伸向浩瀚的邈空
怀疑的注视霰弹般降落
谣言的大鸟飞来飞去
珠峰的神灵，以冰风
摇撼我的麻木

天高、地迥，生出孤寂
生出我的一阵——冷颤

在珠峰大本营，用被子裹紧自己
从头到脚伪装成一个信仰者
不是为了抵挡零下十度的箭镞
是怕内心被星星窥见、掏空
珠峰的子夜万籁俱寂
人与畜，都在梦里泅渡
而我的双瞳，却突然
迷茫而晶莹
仙女座的万花筒里
怎么也找不到
前世与来生

那一条源自珠峰之巅的银河
如一条巨型哈达曳过空中
星罗棋布的谜团
无波也在汹涌
闪烁其词的星星
到底想掩饰什么真相
不就是高处不胜寒吗
不就是星繁月暗的孤独吗
不就是高过珠峰的天空
仍然是或明或暗、或灰或白的
一张善变的脸吗

星星点点，点点星星
我数了半夜也没数清
用一辈子去数，如何
假若真有轮回
下辈子，我还来这里
在珠峰之麓数星星
哪怕解不开不计其数的谜底
哪怕是转世为珠峰的一只渡鸦
擦亮一道黑色闪电
或珠峰脚下的一头牦牛
飘逸一片黑色的祥云

星光缤纷的矢镝
对我乱箭穿心
周围的岩屑地貌
都在隐隐作疼

满山遍野的碎石
镶满天顶的繁星
此刻，我是
顶天立地的唯一

（原载《人民文学》2015 年第 12 期）

经幡

猎猎如旗，爬满一万条
远古的蚯蚓，蠕动的
谶纬万世不老，和
这个民族同时诞生
一百万个太阳，滚转于
一百万个世界，冰塔林
流转着沸腾的灵魂

没有经幡的日子撕心裂肺
没有经幡的道路在草石里迷失
没有经幡的地方月亮不再升起
便是思想出窍的石经城
也躲不过那一阵黑风雪的射击
鹰便不会在趔趄的眼睛
以预言者姿势作哈达的投影

神祇在柏烟里站定
袅向天域，覆盖所有的旮旯
活佛在摸顶之余，咀嚼

磕长头鹘落的远声

与圆寂之后的灵童转世

佛堂的经事如不散的筵席

由远而近是经幡猎猎的形声

那一条条蠕动的蚯蚓嚅动

诉说那无花无果的良愿

朝圣者洗耳静听一回

便会乐醉海湖

让荡漾头颅的龙碗

在天空摔一大跌

哗哗流响如经幡猎猎

女人的泉眼便溢出一生

润一根朽木为青青之柏

（原载《青海湖》1988 年第 9 期）

作者简介

　　罗鹿鸣，中国作家协会会员，中国金融作家协会副主席，《桃花源诗季》主编，供职于中国建设银行湖南省分行。曾在《人民文学》《诗刊》《新大陆》《创世纪》等国内外报刊发表以诗歌为主的文学作品，出版《屋顶上的红月亮》《围绕青海湖》等诗集与《真情的天空》等报告文学著作，被《读者》《中外文摘》《新华文摘》等转载，曾获得第八届丁玲文学奖一等奖、首届中国金融文学奖诗歌一等奖等文学奖项。

我的草原我的马

■ 李聪颖

（外一首）

你或许已经看见
从遥远的天边
那一闪一闪，一跳一跳
隐隐约约时隐时现闯入眼前的
一定是匹马

它好像是如约而来
那可不只是一匹马
是两匹，三匹，五匹吧
它们走来
越来越多的马子
它们向你走来了
继而，是一群马
是一小群或是一大群的马

它们，它们向你走来
它们不一定都是走着的
或许是跑着的，奔腾的并且嘶鸣着
追逐着，它们
有的像流星赶月
划出一道道光线
它们有的似雷霆
体内藏有巨大的鼓
在空旷的大地传导出回声
它们更多的时候
又像蔚蓝色天空的云朵
变幻莫测来无踪去无影
但有的时候更气势恢宏
飘逸，总有旗幡灵动

它们顺着山岗行进时是一队
它们沿着地平线扩展时是一行
在平缓的草场上
它们自由着成一片棋子
它们簇拥在原野上的时候
那样的汇集才能叫做一群

牧人们常常指着它们
在阳坡上称之为一坡马子
在沟谷洼地时
便称之为一沟马一洼马
如果，它们凉爽在清清的郭勒
以及亮丽的湖儿淖尔
就直接说它

一河的马子或者一淖尔的马子

你没有办法也没有必要去量化
不管它是多么大的马群
多少数量的马子
在马倌的眼里
都能一一细数它们的名字
游牧民族的本能
都是如此积累而成
你，只有用心体察
才会读懂草原的沧桑
读懂马的高贵与阳刚

马的存在
永远是草原故乡的起点
它终归是千年往事的传奇
一次次开疆拓土
都演绎出轰轰烈烈的雄健

岁月如流
激荡了一页又一页
把一部黄金史的辽阔
用独特的韵律
谱写成马头琴的深沉与悲壮

多少风情景致凝固了
祖祖辈辈悠远的绝唱
透过蒙古包的陶脑
马群斑驳绚烂如繁星点点

它们在向你走来
它们踏着尘封的荒原向你走来
一大群的马
成为一片喧嚷的世界

它们总是一望无际
它们总是勇往直前
你的眼睛
必然要一个劲儿地睁大瞪圆
哪怕一次小小的眨眼
都会留下不可追悔的遗憾

这是多么宝贵的体验啊
你看见它的雄浑它的剽悍
它们在晨曦中
自然地站在太阳光照的向度
似乎等待着启程的指令

你不由得再一次抬起手中的套马杆
让萨满示喻的风马旗
摇曳出梦的色彩
为下一程下一次的抵达
指明苍茫中的那个地方

我只想成为故乡的一片草地

每一年的这个时候

五月或者是六月

我的灵魂

总会沿着迁徙的方向

返回北方草原

此时此刻的我

日思夜想

心中唯一的祈愿

就是能把自己

还原成故乡的一片草地

躺着可以卧着可以

伸展着蜷曲着都可以

不论以什么样的形式

我都不介意

故乡的接纳

我备感幸福

满足的快乐啊

我始终是故乡不可分割的一片草地

我很清楚

我没有资格

也不具备超大的能量

让自己坐落成故乡的山峰

高耸着巍峨着

成为人们注目的风景

我只能选择最朴素的方式

来表达我对故乡的眷念

卑微中

我心存敬畏

在大地复苏岁月轮回中

我深深懂得

春梦初醒的荒原

转瞬间就可呈现出的生机

这是上苍天定的秩序

我无论如何都不可错过

这重要的一季

我不需要多大的空间

更不讲究

我的落脚之处

是肥沃还是贫瘠

只要是有阳光的照顾

我就不缺钙不缺氧

迅速返青的生态

就会让每年来临的节气

焕发出绿意葱茏的玄机

你说它是天堂也可以

而我的存在

只是一个尽职尽责的染色体

我不会反季节出现

我尊重大自然的法则和规律

我信守自己对故乡的承诺

我的梦

哪怕只兑现一次

我会安静地睡在故乡的怀里

我只想成为你的一片草地

锡林郭勒啊

二十万之余的辽阔

我是你的微不足道

甚至小到忽略不计

然而由于你的恩赐

在我的领域

一定会有非同寻常的美丽

我用青青的绿打底

再点亮几朵金色蒲公英

你看它大方的笑容

盛开着怎样的品质

我还邀请了

百灵鸟或者云雀安居

一蓬小巧的巢

生蛋三五枚

便可营造出满天的惊喜

在太阳的光芒下

随手抓来推去的

那可是白云朵朵

任其飘逸来飘落去

这间歇的遮挡

顿生凉爽直入心脾

在故乡的大地上

我用生命的全部意义

为你宣示无尽的绿色的活力

我已是心满意足

我再无任何索求

不要虚名冠以的荣誉

我只是想

成为故乡的一片草地

（原载《民族文学》2018 年第 4 期）

▌作者简介

　　李聪颖，蒙古族，蒙古名斯日古楞，内蒙古锡林郭勒盟东苏旗人，原就职于中国人民银行内蒙古乌海市中心支行，现已退休。中国作家协会会员，中国金融作家协会副主席，中国诗歌学会理事。1982 年开始发表诗歌，出版诗集《多情的草地》《悠远的牧歌》《流泪的太阳》《骑手的回望》等，诗歌作品选入《新中国成立 60 周年少数民族文学作品选·诗歌卷》《内蒙古七十年诗选》《草原文学精品选编》等。诗歌《岁月》《额尔古纳》《在雪地上行走》分别荣获内蒙古自治区第三、第五和第七届索龙嘎文学创作奖。诗集《斯日古楞诗选》获第九届文学创作骏马奖。其传略入编《中国作家大辞典》《中国少数民族文学馆》。

一段难忘的记忆

■ 于占泳

（长诗）

你来自天山脚下
你来自遥远的伊犁
你来自维吾尔人的圣城
——乌鲁木齐
那是一片充满神秘的土地
背靠大漠给了你
丰富的人生底蕴
扛着高原
扛着一个民族的命运
你栉风沐雨
独闯京畿
你就是来自天山下的雪莲花
美丽的姑娘——

阿孜古丽
中央民族大学为你
插上了腾飞的翅膀
中国民族证券为你
带来了盛开的花期
总裁办公室
曾经留下你靓丽的身影
党群工作部见证了你
正在奋斗的足迹
一篇篇优秀文章
展示了你卓越的才华
一台台晚会
记下了你能歌善舞
和人人称道的多才多艺

二十多年来民族证券
有多少大型活动由你导演
有多少新颖震撼的举措
来自你的创意
一个个奖励
给了你巨大的鼓舞
一次次掌声记住了
你不懈的努力
你是民族证券人的骄傲
你是民证党群工会的基石
你的能力有目共睹
你的才华全公司人人称誉
背上相机
你就是一道风景

拿起麦克

你就能开出一台好戏

穿上舞鞋

你能跳出天山上的霓裳

挥洒画笔

你能勾勒出时代的惬意

你是那么多情

你是那么善解人意

你是盛开的鲜花

你是成熟的秋季

美丽的雪莲

美丽的姑娘

美丽的阿孜古丽

望着你的成熟和英发

我忘记了年华

曾经见过你的忧伤

充满了大漠的苍凉

经常看见你的欢笑

那是瓜果飘香的高海拔

特有的甜蜜

歌者，那是呼唤

心中的呐喊

诗人，永远是一团

燃烧的情谊

我不敢放声歌唱

我怕破锣似的五音

惊到你的美丽

我不敢纵情放笔

我怕我深深地爱上你

用十几年的往事制成便笺

借一枚小小的贝壳

悄悄停靠

让躯壳暂时休息

让心灵小憩

你一定和我一样

打拼也是漂泊

定居也是流浪

我们的心永远都在

生养我们的地方

那是终生难忘的根基

汽笛已经鸣响

船帆已经升起

最美好的记忆

连同那美丽的雪莲

美丽的姑娘

美丽的阿孜古丽

今生有缘能和一个

维吾尔族姑娘一起共事

这是上天的恩赐和旨意

记住我吧

我来自风雪关东的松嫩平原

那里千里平铺

一望无际

记住我吧

我来自北大荒的黑土地

那里的东北汉子

心胸平阔

性情豪爽

毫无弯曲的心机

走过人生的驿站

我会把昨天仔细打理

我要把往事制成诗简

拿来下酒

拿来唱歌

拿来回忆

人们一定会听到

一位老者的放歌——

在那京城美好的岁月里

我曾经遇到一朵

芬芳馥郁的雪莲花

那是天下最美丽的姑娘

——阿孜古丽

（原载《中国金融文学》2013年增刊）

‖ **作者简介**

　　于占泳，吉林大安人，中国金融作家协会副主席，《中国金融文学》杂志副主编。出版有《流淌的岁月》《记忆的情怀》《心灵的感悟》三部诗集，主编《中国金融诗词选》。其部分作品散见于国内多家报刊，并多次获奖。2012年被中国作家协会、中国文联、全国总工会、文化部等授予"全国优秀文艺工作者"称号。供职于中国民族证券有限责任公司。

所有的美丽

■ 魏革军

（组诗）

回家

车
行进在不同轨道
心
却只有家的方向
再快的车
也无法比拟
游子的归心

心情

列车
穿行于雾中

没有田野村庄

没有蓝天小鸟

我拽回视线

屏蔽窗外的世界

想象一切美好

所有的自然

——浮现

终于明白

有怎样的心情

便有怎样的世界

春雪（一）

终于来了

像仙女下凡

翩翩地 轻轻地

抚摸大地

这是季节里

最美丽的天使

为了这一刻

我们已等待整个冬季

现在好了

雪飞舞着

亲吻每个生命

一片洁净

一片温润

天使与大地融在一起

新的力量在升腾

春雪（二）

走过漫长冬季

终于在春的黎明

光荣绽放

这圣洁之花

像美丽的天使

赶走尘埃

洁白大地

带来希望感动

带来最静谧的时光

赞扬

所有的美丽

皆缘于心的交集

因为欣赏

所以美丽

感动彼此的感动

一群人仿佛是一个人

一个人仿佛是一群人

（原载《金融博览》2014 年第 3 期）

‖ **作者简介**

魏革军，男，中国金融作家协会副主席，历任央行办公厅新闻处处长，《金融时报》副总编辑，央行南京分行副行长，中国金融出版社总编辑、社长，现任中国人民银行西安分行党委书记、行长兼国家外汇管理局陕西省分局局长。出版专著、译著 3 部，并在《经济学动态》《金融研究》《中国金融》《国际金融研究》《经济日报》《中国记者》《金融时报》等期刊发表论文及金融评论 80 余篇。

金融街

■ 邓智毅

（外一首）

一串金色的连翘
开始调理初春的感冒
少男少女手捧着杯杯气息
穿梭在车水马龙的十字街头

百年国槐上的知了
不停地体测盛夏的温度
也在重复计算着滑板少年
一次又一次锲而不舍的冲刺

吕洞宫钟声飘落的
是那棵擎天银杏的秋叶
和那千年公孙修成的正果
还有广场前那抹亮丽的浓彩

城隍庙斑驳的冬窗

冷观着初一十五的旺市

和幕墙上出没的天鹅犀牛

还有飞檐之间看不见的光影

（原载《金融博览》2017 年第 12 期）

生命

就是一阵风

空空荡荡刮过

就是一阵雨

缠缠绵绵下过

就是一片绿

郁郁葱葱开过

就是一片黄

轰轰烈烈染过

当一切归于寂静

当梦醒不再一切

唯见又一颗流星

匆匆划过……

（原载《金融时报》2019 年 7 月 18 日）

作者简介

邓智毅，湖南双峰县人，中国金融作家协会会员。先后在中国人民银行资金管理司、计划资金司、货币政策司、银行监管一司工作多年，2002年开始全程参与国有商业银行股份制改革，先后任中国银监会山西监管局党委书记、局长，湖北银监局任局长等职，现任中国东方资产管理公司总裁。在国家级报刊发表经济金融论文多篇，著有《金融效率制度性分析》《金融期货期权大全》《山西银行业改革开放30年》等专著十余部。

沉默的时间

■ 席君秋

（外三首）

1

在匆忙组合的画面中
我感受到了你平和的目光
在这条街上
高高远远浅浅淡淡的色彩
以流水的方式接近我
暖暖的季节
开放为一朵葵花

你总是以葵花的方式照耀我的行程
不知道什么时候
走进了傍晚怡人的恬静
凉意已渗透其中
不知道这里还会萌生绿芽

躯体就感受到了温煦

2

独对风景
风从窗外潜入
舞动的窗纱印着你的微笑
月光于挥手时寂灭
不知道此刻空对的是你还是幻象
生命内部翻腾的白浪
为谁灼热

一双柔暖的手环绕着你
绽开的花蕾击碎空蒙
最好的语言是相视无语
最好的表达是泪眼凄迷
音符在夜晚浮游
你抚摸黑暗
你抚摸宁静
你抚摸光润的肌肤
所有的音符在相遇的瞬息
点燃宁馨
和谐或者默契
来自一双绵软的手

以含泪的微笑感激你
不管你用怎样的目光把我柔抚
面对雪白的墙壁

将黯淡涂抹成猩红
不要说什么也不要说
爱情是流动的水永远不会苍老

3

在回忆中撩拨情感
想起每一次温暖
都会泪如泉涌
于是选择最美丽的姿势
等待死亡

从哪里来又回到哪里去
我的素净是高远的天空
属于你的永远属于你
唯有远方的空旷
让我最最动情

从什么时候起
你开放为一朵紫色花
风吹落的泪
在花蕊里寄居
我真的怕灼痛这寂静
也许你还会以别的方式
到达那个遥远的地方

4

精心建造的花园
因你的到来而羞怯
夜晚流溢的气味
让我想起一些美妙的过程

月光羞涩　足音悬浮
乐音盈满胸腔
真的不想在回忆中煎熬自己
此时我好想知道
枝丫上最后的那片秋叶
在想些什么

5

我们在十二月走出各自的居室
倾听冬月的情歌
季节瘦弱
而我们的情感丰盈
用宁静宣泻倾慕
唇已将寒冷覆盖
谁还会去想
明天的天气

放飞自己

你呼出的气体在空中萦回
凄迷的风景在眼睛里碎裂
谁会站这么久等待
一个没有约期的黄昏
秋露润泽残败的树叶
眼里的泪液已经干涸
再也不会落泪让你心痛
泪花是昨天的美丽
往事在烟缕的叹息中哀怨

沉寂的夜晚缠绕虚幻的梦境
花蕾在打开的书页中羞涩
黑夜于文字中敞亮
沉稳的声音让你有一丝倦意
散落的花瓣聚为花朵
馨香是否依然

其实这只是水泊冬夜
淡远的清音飘来飘去
搅动痴迷
开卷的书让一种情绪迷惘
面对你
我才寻到真实的感觉

涉水

平静的日子
情感被窗户遮掩
就这样端坐着什么也不想
直到阳光洒进来
直到你的影子追着你
才感悟这是一个柔媚的晴天

这是一个柔媚的晴天
你走出家门
没有忘记带一柄雨伞
你走进街巷
街巷幽长飘过你的雨伞
雨伞飘过微微的风
夏天飘过撑伞的你

平静的日子
说不清是影子重叠了你
还是你重叠了影子
在净土上飘着
脸颊流动着细细的清纯
也许在不经意的时候
雨季已在黑黑的瞳仁里筑巢

最后的表达

栗色的桌椅

茶的淡绿在雾水中氤氲

鸟的居室悬挂在屋顶

不见蓝色布帷 鸟已飞回家乡

不闻鸟叫 在渊默中怀想

一小片景致缩微了遥远的畅意

鸟会飞来吗

在大房子里 琴音瑟瑟

光影中 一只飞鸟

落在翻开的书页上

（原载《人民文学》1999 年第 6 期，《沉默的时间》获北京庆
祝新中国成立五十年文学作品征文诗歌佳作奖）

‖ 作者简介

席君秋，中国作家协会会员，中国金融作家协
会理事，现供职于中国工商银行北京南礼士路支行。
1982 年开始发表文学作品，发表于《人民文学》《当代》
《星星》《诗刊》等文学杂志，诗歌被选入《中华人
民共和国五十年文学名作文库·新诗卷》《人民文学
五十年精品文丛·诗歌卷》《新中国六十年文学大系·60
年诗歌精选》等多部诗选。曾荣获北京庆祝中华人民
共和国成立五十年文艺作品征集评奖活动诗歌佳作奖
等多种文学奖。代表作有《沉默的时间》《柔静的水》
《紫色》等。

落日是只火凤凰

■ 吴文茹

（外六首）

我把落日铺成锦绣文章
多少树影回到柳暗花明
可太阳不依不饶
它到底想飞去

它化成一只凤凰把天点燃了
我看着这一过程获得了一份心疼
伴随着它翻出昨天的日记
我将红色液体一寸一寸地摁进山底

六月，涅槃

夜色王朝，是不是给睡莲的
心里想着那片蓝，他一声也不吭

那些修行的文字，都走在路上
相思的雨走在天上
灯塔的光芒走在海上
有情人的泪走在心上

我将所有心事一个人吞下
过去的一切，从不后悔
这世界我到底是来过
爱过了，唯独
我不会生恨
请谅解我的倔强和自负
哪一天再看到你
就是我走出藩篱的日子

迷梦，炎炎在即

是水，看来真的是水
涟漪环环套我沦陷，我真的心甘情愿
这梦，太沉太沉
先是把酒言欢，对面景物成了杯中的舞者
你的眼神将我捆绑起来
却原来那似云似你的双臂，揽住我的灵魂不放

我，非我即我，上善若水的忠告
水随即出神入化地凝固起来
入梦入我入神入世
飘吧，你这梦里的神物
你现在懂得我为什么以魂魄拥抱雪花吗

没错，那就是我与爱交融的诗篇

我把所有力量，嵌入此梦

日挽

每天都有一个仪式

发生在我的心里

那瞬间三千红尘已入暮色

万里白云水袖轻拂

我捡起片刻的光阴

将苍穹卷起

一沙一世界的一天

走进圆寂之境

我轻轻抚摸了草

让心在风口跪下

一切安静

等着无声日落

夜很深

就在这像黑洞的地方

剩下我

剩下我的影子

还有过去现在未来

被风干在

一张纸质挂历

落地台灯苍白无力
静物般的座钟脚步缓慢
此刻一只蛾子飞来
搅了我诗意的局

夜确实很深了
犹如一个人的情
在很深的夜色
把蛾子想象成飞机
驾着它抵达
那个远在天边的
温暖的家

对面

玻璃橱窗折射的
并不是繁花似锦
而是佛光普照的贪念和奢求
长安的埙声依旧古朴浑厚
鸽哨像剑影划破晴朗的晚霞

青石板幽墨柔滑
一部史记装不下辗转的辙痕
还有女人的清唱
再靠前一点
左几尺深几米
房子空间再大些

今晚端坐对面

祈求宁静安详

（前五首原载《延河》2017 年 3 月总第 631 期）

驼 铃（长诗）

一

冰雪没有覆盖住的先民

那些黑色的重影

悠悠地昂首，一路向西

像一次迁徙一场风暴的开拔

折返再向西涌进

我们的先人，披着古长安的薄霜

穿过黑色丘陵，黄土残垣

穿过疼痛，和冻土上的人们

穿过战火，和历史的丛林

穿过时间的海峡，和季节的洪水

我们步着先民足迹

承袭伤疤就像承袭丰厚的精神

我们背负古旧的寒霜

仿佛顶起历史厚重的文化

我们拔起帐篷去远航

把所有的疲惫丢进生活之下

那源自鲜卑山的嘶鸣
那漫长的抵达和驼队们追逐的落日

二

我们聆听着
那些大地留下瓷器的痕迹
尘埃起处，疲惫的黎明和着焦渴的牛角
我们踏风破浪
沿着中亚的草茎走进罗马
那内心的尊严，装着一个个信念的脸谱
每一片空虚都被汗水填充

我们让潮汐记住噬血
将黑海用心血洗白
肥美的牛羊和挺拔的屋檐
雕琢着旌旗上的星辰和月色

当散乱的车辙像碎雨般袭来
当露水在开花的疤痕跳舞
漫漶的何止是毅力
白雪也尽显着一种苍白的铭文

于是选择匍匐下来
在大漠深处，在一座座疾风嘶鸣的都城
我们将传说书写得气定神凝
无非就是一段驼铃的倾诉
而大风起兮，我的先民不在
他们只将一个姓氏，注入我的魂灵

三

让苍鹰从内心的部落飞过
一条条如蛇小路，烫着足下的沙浪
再举起的兽皮囊里，喝下的不仅仅是时间
还有一些山川和暮雪
还有许多书文里的遗嘱
许多遗嘱装订成的经卷

难能忘却
三千铁骑遁入地下
五百脊梁扛起敦煌
那些堆上阳光的微笑
身披丝绸与霞光
最能衬出阿姆河蔚蓝的影子

今天我们想象一条河的流经
陈涛泛起，拥抱着劲风
前面是热情四溢的楼兰
后边，吐鲁番的葡萄熟了
而巫师和石头，把玩着和田的美玉

四

这一丝的念想
踏着硝烟与浓雾，与乌云
这一线的丝质情感，装着一颗熟透的心
悠悠然然，轻轻浅浅
叮叮咚咚，期期艾艾

毡房里的姑娘，挺着骄傲的乳房
脸上滚烫的笑靥，火星迸发

驼铃是会诉说的
如此复述士坦丁般番客的故事
像那个沉默的乐师
在摆弄一把睡满阳光的胡琴
一队队羊群走来，咬噬着暮下的橙昏
长安城邦帝王威武的鞭子
抽打着端坐正北略带几分柔情的狮子

我们的河流
裹着丝绸，出嫁了郡主和塞外的荒凉
我们不知道什么是永恒，何为爱情
永远长安，这个朝拜千佛的低语
去跋涉，万仞雪域
苦行的呻吟，交给了历史的内心

五

就在东方以东，今夕
一个带着血性驼路的队形
温煦也还坚毅，怡然却不卑不亢
以平凡的灵性，走过世界
怀抱笙、箫、笛、鼓
奏出东方神性的大盛精神

这是最大的梦景
豪华的盛宴，美酒浇灭一路惆怅

也就在那方罗布泊的庶民里面

一位画师用朝霞渲染

这美妙的陈色，衬托起来自东方的驼队

这最初的也是最后的辉煌

现在，我与这路驼铃站成一队

我们的荒漠辽阔，我们的内心辽阔

一个个姓氏厚重，一段段文字厚重

那驼峰上是慈祥，敦煌妙音的呢喃细语

那些早凝固掉的鞭声，和跪膝的沉吟

现在，我们的驼队站成了吉祥

踩醒的远不止五月，还有世纪的黎明

这个让我靠过的壁垒的朝廷之地

现在鸟群于鼓楼环舞，它们向往休憩

晨云四合后，先祖的子民走过街道

现在，有一块通体透明的时间

我将其捡拾起来，再铺好秋下的禾秸

团坐于一片尚暖的阳光之上

我开始从白昼跋涉，穿过祥云和暗喻的经文

而风蚀的城墙下，一位诗人即将失眠

远处那队英俊的古驼，丁零着正朝黎明走来

（原载《金融文坛》2016 年第 9 期）

‖ 作者简介

　　吴文茹，本名吴群英，生于新疆伊犁，现就职于中国建设银行陕西省分行。中国作家协会会员，鲁迅文学院第31届高研班学员，陕西作家协会会员，中国金融作家协会理事、副秘书长，陕西金融作家协会理事、副主席。著有《雪域星生》《山流水》《我愿是雪花》等五部文学作品集，发表作品200余万字。多篇作品入选《星星》《中华文学》《中国诗选》等刊物，曾获2015年年度诗人奖，在2017年"中国新诗百年"全球华语诗人诗作评选中，《日挽》等五首作品入选，并入选"百位最具活力诗人"。2017年12月诗集《雪又白》荣获第三届中国金融文学奖诗歌奖，同年被中国金融作家协会评为首届"德艺双馨会员"。

刘大爷在抽烟

■ 许烟华

（外五首）

刘大爷在抽烟
刘大爷坐在石头上抽烟
那烟很清　很轻
和山村头上飘过的白云一样清
和刘大爷登山的脚步一样轻

刘大爷坐在石头上抽烟
像坐在自家的院子里
坐在父母或者儿女身边
很清很轻的烟　曾经跟着刘大爷
上山拾柴　侍弄菜地　烧火做饭
它在山间随意游走或者停留
在岁月的大风里经久不熄

这么多年 不知道有多少个刘大爷
享受过多少支烟带来的温暖和轻松
也不知道有多少人
在这矮小的村落里终其一生
当他们高昂的头颅面对神灵
每一个人 无法说出心中的忏悔

大雪封山

大雪封山
大雪终于封山
他长吁了一口气
"感谢你们，
我的朋友。"
并且亲热地与那些
堵在路上的冰雪
打着招呼

他不再担心什么
一个人
看着雪后的雪
世界如此空旷 洁白 温情
如此一尘不染
好像连他自己
也未曾来过

我只想起一样事物

每天醒来
我只想起两样事物
一样是我的石房子
一样是我的爱人

每天醒来
我只想起两样事物
一样是我的爱人
一样是我的石房子

现在　我睡了
我只想起一件事物
我的石房子里
住着我的爱人

（前三首原载《诗刊》下半月刊 2010 年第 1 期）

圆明园

我寻找　但我失望
就像几年前在南京大屠杀纪念馆
我找不到一双
愤怒的眼睛

"1——2——3——茄子！"
我的同胞

在那些断壁残垣面前
露出了战胜者一样
得意的笑容

火山口旁的一块石头

我曾经参与过你的暴动
曾经在尖利的惊叫中炙热过 飞翔过
曾经在飞翔和坠落的过程中 燃烧过

曾经像一把呼啸的弯刀
把风的心脏 刺痛过

如今 我坚硬 结实 冰冷
低得无处再低

远远地俯身于
那个抛弃我的人

只露出一只
泥土没有盖住的眼睛

陪父亲逛街

母亲走后
我会尽量多挤出些时间
去填满他的时间
我会尽量精简自己的生活

以便 经常干扰他的生活

就像现在 我陪着他

穿过水果摊鱼市菜市花鸟市牲口市

穿过牲口市花鸟市菜市鱼市水果摊

不管他愿不愿意

我都在他耳边 大声地

把那些他曾经教给我的事物

名称 味道 颜色 品种 叫声

重新介绍给他

就这样吧 这样多好

多有意义 多让我心绪安宁

能够守着父亲

阻拦着时间

搬空他的一切

（后三首原载《诗刊》下半月刊 2013 年第 8 期）

作者简介

许烟华，山东博兴人，中国作家协会会员，中国金融作家协会理事，鲁迅文学院第 20 届高研班学员。滨州市作家协会第四、五、六届副主席。就职于中国建设银行山东滨州分行。中学时代开始发表文学作品，作品见于《诗刊》《星星》《诗选刊》《绿风》《诗歌月刊》《诗潮》《诗探索》《山东文学》《时代文学》《天津文学》《小说月刊》《杂文选刊》等报刊，部分作品被译成英文、韩文介绍到国外。作品入选《二十一世纪中国文学大系（2001—2010）：诗歌卷》《2009 中国诗歌选》《中国诗歌年选（2011 年选）》《新世纪诗典》等多家选本。曾获得第一届、第二届中国金融文学奖，第十九届、第二十二届全国鲁藜诗歌奖，首届中国艾青微诗歌大赛唯一最高奖，著有诗集《心影暴风》《烟华》等五部。传略收入《中国诗人大辞典》。

断流的黄河

■ 李非非

（长诗）

一

在虚无与虚无之间　消失
不是我最终的目的　像头顶上的天空
总会有雨雪降临
一条河从发源地奔向大海
是否会像时光一样肆意横流？
而把一滴水装入瓶中　它就受伤了
水的这次远行　直达冬天腹地！

我看见许多海鸥在河口上空
展翅飞翔　那些过往的渔船
又一次带来了深切的问候
此时　海底的鱼群正整装待发
它们不知道回归的路途是何等

艰辛和漫长　它们更不知道
前赴后继对它们意味着什么！

二

你看眼前这条咆哮的河流
夹杂着水之内的水和水之外的水
一泻千里　它一进入大海
就将把那些美好的愿望击得粉碎
而我远离了陆地　在眩晕的梦境中
我在海的另一边找到了自己

骄傲的鹰啊　请为我驮来最初的太阳
地下的种子发芽而时间一动不动
我生锈的铁门　令远来的朋友望而却步
在通向城市的十字路口呆呆发愣
正如我梦中一千次地告诫他们：
"当你拥有了一切　一切
都在瞬间消失！"
　我的眼睛在绵延的悲愤之中
剥落　像一对失恋的少年
在爱情到来之前各奔东西
而夜总在黑暗中飞临城市上空
当人们一千次地拒绝灯火和食品
我感到一条大河永远失去了记忆

如果那一天真的到来　如果那一天
我抛弃了亲人而独自出海

我将在北斗的照耀下神秘死去

三

一匹马 在草原的湖边迎接暴雨
没有比这样的时刻更令人神往
无雨的日子 我在衣服和身体之间徘徊
神奇的造物主啊 请为我选择
这美丽的衣服能遮住我内心的肮脏！

我发现了另一个世界 它的头颅
在地下沉沦 像我远逝的先人
在和平的战争中永远失去了子孙
而那匆匆跌落的泪水深入大地内心
汇成暗河 它在哪个方向哪个季节
向后来人诉说那只充满诱惑的酒杯
只有寂寞的雪山在听 只有
深埋在地下的森林漫长地向化石挺进
哦 那习惯中猝然跌落的阴影
在漫天大网里苦苦挣扎

我从遥远的家乡来到黄河的入海口
那漫无边际的水鸟正沿青云直上
我是一个被液体所遗忘的人
那水洼里残留的鱼儿正面临着饥荒
这也许不是最后一次改道的遗迹
可满目的黄土还在坚守着什么！

当远逝的先人破土而出 一些熟悉的面孔
沿着隆起的矿脉上升 它们抛弃
大地残存的体温和萎缩的时光
去飞翔！走吧 这小小的意志
必将惊动大海的忧伤

水！雪山的呼吸
水！岩石的酵母
水！大地的气味
水！大海的神经

四

雄伟的巴颜喀拉 我在遥远的海边
感到你渐渐低下高昂的头颅
在那五千米的高度 寂静里隐藏着寂静
"大地的心脏 太阳升起的地方"
多么真实和恰当的比喻
而梦想中的神话结满了冰凌
你的神鸟 永远不能到达最后的顶峰！

那些失去灵魂的肉体在呼叫
狂奔！正如黄河中一个个微小的分子
被神秘的力量操纵
又被自上而下的暴虐所挟持
冲下命运的金字塔！

苦难中的灵魂住所开满了雪莲

我问那冰川之下滚动的石块
这透明的世界谁是未来的主人？
夏日的花朵　自由飘荡的雨水
它们最后的归宿仅仅是一道残缺的闪电？

那越过了喜马拉雅的大天鹅
继续向北飞　向各姿各雅山逼近
它的巨翅在疾风中扑打着意志
远方　剧场里的帷幕又一次被拉开
而所有的观众冲向紧闭的大门！
我听见冰层松动　在凌汛来临之前
虔诚的百姓跪倒在黄河两岸

五

如果在早晨　雪从六个方向包围了波涛
这世界不得不再一次现出原形
蓝天的蓝　白雪的白　黄河的黄
连刚出生的婴儿也惊异地张大嘴唇——
世界就是如此明了和简单？
此时黄河在我身边转弯　它一言不发
浑浊的浪尖上　长城正顽强地向东延伸

黄昏中长城的影子越拉越长
在真正的黎明到来之前　我知道
这样的逝去不可阻挡……

是谁用无辜的天真制造着悲剧？

当一个朝代敲响另一个朝代的丧钟
成千上万的将士血染沙场
像成片的森林轰然倒地
用他们的累累白骨一寸寸抬高了黄河
哦　高高在上的黄河啊！
你用痛苦制造并承受着这所有的一切
所有这一切　皆因你而生又因你而死
以完美的宿命对抗着并不完美的命运！

六

另一条更大的河流仍在汹涌
空想的雪山降下了暴雨
干涸的泡沫围困着农田
谎言　总在早晨淹没善良的人们
连鲜花也拒绝开放　连飞扬跋扈的时间
也对逝去的辉煌羞于启齿

另一条更坚固的大堤在噩梦中惊醒
在最后的风暴来临以前　蝼蚁和田鼠
悄悄结盟　踞守着即将崩溃的家园
又像一座庞大的帝国　四门紧闭
在最后的时刻到来之前
拦截破门而入的闪电！
　是谁在歌唱谁？那从天而降的
沙暴　在河道中心聚集
而通向澄明的道路已被坟茔堵满
那东方的大海难道是最后的大海？

从高原到平原　这艰难的行程已无路可走

母亲的黄河　我吃你的血水长大！
肆虐的黄河　你吞没我多少亲人！
自由的黄河　黄土截断了你的去路！
断流的黄河　我血液里还有你多少水分！

七

一只无家可归的鸟逃离了失恋的黄昏
空旷的麦场　高大的粮仓
无所事事的农民期待着大雨降临
一条失去鳞片的龙倒进草丛
瞬息不见了踪影　我只看见
村庄紧挨着村庄　麦田连接着麦田
村办工厂的轰鸣声使夕阳迅速下沉
在新的黎明到来之前　绿色消失
而沙暴继续杀向大地的纵深！

一个放学回家的孩子走过草丛
一粒小小的石子被他抛上天空
为什么是这粒石子　来到他的手中？
像化成石头的小鸟　这偶然的强迫
使它意外地品尝到百年不遇的爱情
命运难道总是像一滴露水
在青草尖上　在幸福到来之前
被迅速上升的阳光掠夺干净

一千年以后 十万年以后
必定是水养活着所有的石头
而我们 还能向黄河再索取什么？

八

黄河的水 与我一起下沉
与我一起深入这大地的内心
你看那黄土之下人类密匝匝的欲望
充满了盐分 像一群无知的尘埃
在通向黎明的大道边昏昏欲睡
年代已经久远……三足的铜鼎
熄灭的烽火 威严的运河 燃烧的典籍
无与伦比的船队 伸进大海的长城
和秘密的洪水 在泛滥……
流向祖国的爱 与我一起停下来
我用残损的手掌抚摸你的耳朵
而黄河失去了涛声 草丛里只剩下寂静
我仿佛听见 窑洞里新生的婴儿
祈祷着黄河又诅咒着黄河：
"该死的水啊，去你该去的地方……"

就这样 整整一个春季我都在做梦
不可告人的秘密腐烂着脆弱的神经
而我的躯体已被流水掏空
一颗残存的心仍在跳，比上升的灵魂更轻

九

从偶然到必然　从必然到偶然
历史一千次地选择了祖国
而祖国　一次性地选择了黄河
可这古老的大河难道总是走在时间前面？
这使我想起宇宙中一次偶然的大爆炸
在混沌和死寂之后　地球成为一片汪洋
那是命中注定的轮回和劫难！
在我出生之前　在我死去之后
这孤独的时光必定是一次假设

如果　那蒙难的朝圣者幡然悔悟
而不知去向
如果，那错误的花园
那虚设的顶峰　那真正的神自己推倒了殿堂
如果　肆意的想象不再冲决历史的大堤
而奔向真理的大海
如果在我淹死多次之后
黄河的船夫又一次把我救醒
如果那越涨越高的大海也会干枯
黄河啊！我的诗歌
还在黎明前的晨霭里燃烧什么！

我看见北上的鱼群
向着黄河口昼夜兼程

十

河流中有河流　尽头在哪里？
黄土下有黄土　内心在哪里？
希望里有希望　诺言在哪里？
啊！最后一盏灯即将熄灭
而最后一扇窗正打开
远道而来的阳光铺满了古老的河道
鹅卵石散发着必然的气息　在恭候
大海的使者　送上家门的爱情！

是的！你看那干旱的平原　坚硬的泥土
河床之下沉睡的废墟　漂洋过海的种子
正发芽……于是我又一次飞临黄河上空
看见　春天的秘密被大海拦截
遥远的马群　载誉归来的航班
打碎的玻璃　阳光下融化的冬天
卢舍那蓝色的眼神　妩媚着大地
而几朵白云降下了阵雨
让半坡村的小鱼游下瓦盆……

母亲的黄河啊，因为你
我才义无反顾地走上人生之路
以瞬间的生命享受亲人的至爱
以永恒的诗歌享受宇宙的光辉
你的思想　是我的命运！
你的灵魂　是我的居所！
你的幸福　是我的泪水！
你的苦难　是我的诗歌！

你的生生不息是我唯一的爱情

哪怕像壶口瀑布一样

千百次

跌

得

粉

碎！

（原载《诗刊》1998年1月号）

‖ 作者简介

李非非，中国作家协会会员，中国金融作家协会理事，《河北文学》总编助理。现供职于中国银行河北省分行。在《太行文学》《诗神》《当代诗歌》《中学生文学》《诗刊》《人民文学》《解放军文艺》《星星》等刊物发表诗作，有作品入选《中国诗歌年鉴》《河北50年诗歌大系》等，出版诗集《生命的火焰》《断流的黄河》。长诗《断流的黄河》发于《诗刊》1998年1月号头题头条。

颤栗

■ 刘康

（外十首）

斑雀从树梢飞起
蹬足的力量让枝叶在半空打颤
我见过这种频率的颤栗
父亲，归根结底
我们矛盾的根源不在那两百公里
我所向往的星空，正是你
曾经抽身而去的泥潭
这不能阻拦一个逆子的决心
即便他所渴望的一切
都受阻于虚空的栅栏
父亲，我并不后悔
终有一日
我也将感受到这样的颤栗

驯鹿

六年前的一天，父亲
从乡下来单位看我
他的车上绑满了各种物品：
褥子、大米、水果和蔬菜
那时我在一所学校任教
放学后，我和同事
在学校食堂见到了他
当时他正倚在窗口抽烟
由于下工早，尚未来得及换衣
他的身上沾满了木屑
看到我们走来的时候，他像一只
受惊的驯鹿，慌忙而局促地
掐灭了烟头

这么多年过去了，我们之间
经历过的争执不计其数，但
我仍无法忘记，当年他在转身
掐灭烟头时的眼神

剥毛豆

整个下午，我都在地里剥毛豆
外婆在我不远处，一手夹着豆秆
一手飞快地剥着。她左手有疾
右手发力的时候，身子向一边倾斜
远远望去，就像被一阵大风刮倒

事实上，那个秋天的下午
潮湿闷热，没有一丝风
光顾过那片菜地。我们低头
坐在田垄间，安静地剥着毛豆
没有说一句话。那年
她六十岁，刚刚失去了
最小的儿子

我曾憎恶过这样苍白的沉默
直至今天

三丫头

这个冬天
我在她头上捉住了一小撮白
尽管她并不承认
这月亮一样的白
是她藏了五十多年的小心思
那里长满了青苔和庄稼
也有一些滴出水的暗
这些沉在底下的黑东西
他们管它叫做绝望

三十年了
我想告诉三丫头
活着，并不是一件容易的事
这个倔脾气的老姑娘
往我的口袋

装了太多的粮食
无论走到哪里
我都还不清这笔债了

太阳火

老妇人佝偻着腰
把垃圾，一件件往拖车里装
天很热，她的橘黄背心
刺目生疼

她应该，是个劬劳的妻子
也有可能，是个落魄的母亲
来来往往的车辆那么多
他们都开得很快。谁也没有注意
这个瘦小的妇人

我那跛脚的奶奶，曾经
在许多个这样，太阳如火的午后
从一垄地，艰难地腾挪到
另一垄地。而生活
却从来不会为她
多下一场雨

大月亮

我见过最大的月亮
是在七岁那年的冬天

我坐在母亲单车的后座

从村口小路，往镇上赶去

天很冷

我把脸紧贴着母亲的背

感觉到了她在发抖

那是一个落雪的凌晨

父亲彻夜未归

一轮又大又圆的月亮

照着我们苍白的恐惧

直到医院

（前六首原载《青年文学》2018 年第 12 期）

一个雨夜的想象

雨夜，儿子在我臂弯熟睡

窗外电闪雷鸣，他在盗汗

孩子惧怕陌生的事物

我也一样

他的妈妈和衣而眠，双肩抖动

屋里残留的温度让我异常闷热

这让我想起，许多年前的一个雨夜

在乡下，我的父亲闷头抽烟

妈妈在低声啜泣。烟头明灭

我蜷缩在墙角抖得厉害，而悲伤

就像一面巨大的湖泊，每一滴雨

都把我打得更疼

余生

三十多年了，河水早已漫过双膝
而漩涡依旧在湖心打转。南方多雨
我和我的祖先们一样，拼命
在泥淖里挣扎，却又迈不开双腿
是时候该向大地低头了
我们缺乏从容赴死的决心
却又渴望，获得时间和命运的馈赠
原谅我吧，这些年，我要把更多的时间
留给那些，生养我的庄稼和河流
他们秉持了大地上所有的善良
把余生，尽付给了沉默

青石

不介意吧，让我陪你坐会儿
其实咱俩一样，都在等

你等清风，等明月
等着那个，一去不返的书生
他才是你牵肠挂肚的冤家
没有什么，会比你倔强里的沉默
来得更温柔一些

我不是那个书生
带不走你坚如磐石的牵挂
只是，我也在等
等苔藓复绿，等明月照人

等，青石开口

沉默，并不足以阻挡
我成为烈火，成为飞蛾
成为自己的敌人

神的儿子

白龙庙年久失修
娘娘身上的红漆都剥落了
她是我的干娘
也是庙里唯一的神祇

十岁那年，家里把我
过继给了白龙娘娘
二十年后，在这间乡下的小庙
寒风把我的心，割得支离破碎
我的干娘，其实并不在乎
这些人间的信众和香火
可是，我在乎

这么多年来
我把做错的每一件事
打碎的每一样东西
都像经文一样，一一烙在了骨头上
我是想告诉她
正是因为这些经文
让我一直愧于
以神的儿子自居

春风吹

在我的田埂上

住着我睡着的奶奶和外婆

春风吹来的时候

她们就长回了少女模样

手挽着手穿过田野

一齐在河边浣纱

用勤劳的双手

给自己的男人升起炊烟

每当这个时候

我都会被这温柔的风

吹得泪流满面

（后五首原载《中国金融文学》2017 年第 3 期）

‖ 作者简介

刘康，江苏常州人，中国金融作家协会会员，江苏省作家协会签约作家。诗歌见于《人民文学》《青年文学》《长江文艺》《天涯》《星星》《扬子江》《诗刊》等刊物。现供职于中国工商银行常州市分行。

语言的胚胎

■ 宋光明

（长诗）

善良的灵魂啊，是你圣洁的光辉，牵引我生命，冲动
我灵感。
这晚秋微雨，迷醉的粮仓香味，我梦着，成一枚语言
的胚胎。

一

自然的轨迹在我的描述中：冬天一旦来临，春天也将
不远；花儿开放，收获就要开始。乌云过后，天将放晴。
北斗之柄，指示四季更替。
可以没有听觉，因为我是光的声音。
清晨的窗前，呼唤懒睡的孩子。车流的城市，催你进
入斑马线。疼痛之中，告诉结石在哪里。傍晚，潮汐
涨落，风雨雷霆。

眼睛可以听到，躯体可以听到。小麦可以听到，土地可以听到。生命可以听到。我是有声音的光啊！

可以没有视觉。因为我是声音的颜色。

公鸡第一次鸣叫是鱼肚白，爱人的叮嘱是玫瑰红。战场的呼啸，殷红；地球的呻吟，白炽。

植物的呼吸弥漫翠绿，海洋的满足拥抱蔚蓝。

耳朵可以看到，手脚可以看到。小河可以看到，天空可以看到。爱情可以看到。我是有颜色的声音啊！

二

我蕴藏一切交流。微风与女孩，刘海会轻盈地跳动；流水与心灵，宁静会悄然而至。

干涸的土地希望雨滴青睐，情人的眼睛希望波光涟涟。鱼儿展示妩媚，与水交流。小鸟盘旋高空，与蓝天交流。

我也审视一切交流啊！羊羔胆怯的眼光，传递对刽子手的恐惧与哀求；老牛无奈的叹息，流露对生命的眷恋；癌症晚期的太阳，是永远永远的美丽。

臭氧层，用变暖惩罚地球；水，以躲避警告人类；太空居民，早已准备失重和距离，防范入侵。

土地说：付出劳动就有回报。和平说：停止残忍才会降临。钞票说：我是一把双刃剑。生命说：我的宗旨是健康。

三

我的使命是歌唱！

在荒凉的沙漠歌唱绿洲，在贫瘠的山坡歌唱牛羊，在孤独的夜晚歌唱爱情，在喧闹的城市歌唱宁静。
在硝烟之中歌唱和平！在丑陋的边缘歌唱美丽！

四

芸芸众生啊，我为你而存在，属于你，且作你永不衰竭的源泉。

来吧，在我怀中宣泄所有的快乐和不满！

黑夜将会过去，噩梦就要结束；阳光一旦莅临，冰就会解冻。雨后，有一道彩虹。

来吧！在我的意境里，听小草拔节、流水行走、枝头鸟语、婴儿啼哭、母亲唠叨。

五

潮涌人海，可看见徘徊的灵魂？踏进万善之源，阳光下却不知去向何处。

一次次挣扎之后，有的就开始烦躁，在寻求补偿之中坠落深渊。

欲望就是一座冰山，最终僵化那些灵魂。烦躁也是一团烈火，最终烧毁那些躯壳。何苦，要冲出一个牢笼，又进入另一个牢笼！

无须烦恼，更无须张狂，所有的一切，都只是一念。

天要下雨，也注定会有太阳。时间是一种期待，时间就是努力。

六

真实的丑恶有时并不丑恶，美丽有时却像一个骗子，遮掩不可告人的目的。

宁愿在时光的侵蚀下让躯体空灵，或者，让心袒露在赤日里不停地被灼痛。

这时你就会流水般温柔，用泪水汇成记忆，并与我完全交融。

在每一个角落，在苍穹之中，你无处不在，我无处不在。

七

滴滴答答的雨点，怎么会刺痛神经，让我惊悸不止？

来吧，在我的包容中脱去你的衣衫，一丝不挂是来时的模样。

不要乞求什么，香烟美酒都会醉你在挣扎之中，金钱与爱情，失意与满足，甚至生命，都会枯竭啊！

靠近我吧，用你的手扶着犁，敲动键盘。用你的脚迈开步，踩着影子。用你的身体撞击阳光，承接霜雪。

八

你看，山间炊烟袅袅竹林中有你的影子，森林一样的高楼，鸟儿的巢穴不再隐秘。亡灵，安息在你的祷告声中。

你在创造我的意境，你也在创造亘古。

九

让爱人坐在身边，还有父母和孩子。让仇视你的人，
也坐在身边。

把小鸟放出笼子，让它在枝头低吟、跳跃！把你放出
笼子，在我的声音、颜色和文字中，生如流水般热烈，
死如泥土般恬静。让我成为你的韵律。

谁是我的韵律？只有你。

善良的灵魂啊，是你圣洁的光辉，牵引我的生命，冲
动我的灵感。

这晚秋的微雨，迷醉的粮仓香味，竟让我成为一枚语
言的胚胎，阵痛并生长着。

（原载《星星》中旬刊 2016 年第 10 期）

‖ 作者简介

　　宋光明，笔名洛布顿珠。中国金融作家协会会员、
四川省作家协会。现供职于中国农业银行德阳分行。
1982 年开始发表文学作品，作品散见于《金融时报》
《星星》《青年文学》《中国诗歌》《四川文学》《青
年作家》《作品》《草堂》等，著有诗集《五月的乡
村》《梦鸟之羽》《罗纹江之吟》《渐行渐远》《一
些春天总要作别》及散文集《温暖的日子》。

大荒源谷：一场关于大米的咏叹

■ 扈　哲

（组诗）

如果没有肇源，没有大荒源谷
对于大米，我或许不会有追溯的理由
即使肉体消亡，最后的盛宴里
被邀请的，有孕育的喜悦，
有觥筹交错的快感，有酒的醇香
有与一粒大米
不尽的瓜葛

那些标记着大荒源谷的粮仓，随时
可以催生出一场白色的雨，滂沱而下
灌溉如春苗般饥渴的胃
微量元素，在舌尖上，
聚米成画。鱼米之乡
广袤与富饶，不再是歌颂与虚幻

而那些播种的人

春天的时候，弯着腰

夏天的时候，流着汗

秋天的时候，红着脸

冬天的时候，打着盹

借助万亩方塘，走过四季

人生，兀自厚重起来

一场关于大米的咏叹，生动不可抗拒

温习稻谷的历史

当我还是个少年的时候

神农氏与稻谷，在一个沉醉的午后

就已嵌入我的心扉

饥饿与味蕾是最好的老师

一旦触碰到牙齿，便无法遗忘

荷锄夜归，纵然单调

在诗人的咏叹中，串了根

以至于覆盖了整个春天

不经意间，农耕拥有了自己的历史

自然的恩赐，君主的权力

交错上演，一粒稻谷

一次次轮回，一次次黏附于大地

即便贫瘠，细小的稻花

孕育着珍珠般的肌肤，供奉着秋天，乃至生命

一粒稻谷，疏离黑暗与孤独，
在嫩江水里拔节
在肇源的草甸里生儿育女
让饱满横行，让荒芜退后，
一粒稻谷的历史，散发着清香的历史
被我们一遍遍
永久地温习着

两粒米的爱情

我是一粒米，你是另一粒米
在脱粒机的轰鸣中
我滚落在路的一边，你在路的另一边
无比暧昧地望着我
即使缄默，抽穗的鲜活、欲望
依然肆意，烂漫

借不借助烈火与浪花
不重要
我只是赤裸着，星夜兼程
把自己交给你
熬成一锅粥，从此不分彼此

鼠的宣言：像老鼠一样热爱大米

一缕暖阳，抱着妈妈的影子
端庄，丰腴，良善
也让绿色的藤萝有了攀爬的理由

粮仓的拐角处，暗藏着慵懒

我踮着脚尖，无所事事地哼着歌

想寻找一个淘气的出口

淡淡的米香，膨胀了天性

迫不及待地冲上想象出来的高峰

再以飞翔的姿态，落下

一粒粒的大米，在身后大声地呐喊

仿佛是追兵。羁押，驱赶

像恶霸，又一次让我战栗

尖利的牙齿咬破嘴唇

痛，让噩梦随即醒来

我贪婪地吸吮着妈妈的体香

像一个初生的婴儿，用尽一生的力气

寻求呵护与接应

胸前用米串成的项链，示威似的

宣告，与过去决裂

（原载《海燕》2016年第1期）

‖ 作者简介

　　扈哲，中国金融作家协会会员，中国诗歌协会会员，辽宁省作家协会会员，辽宁省金融作家协会副秘书长，现供职于中国建设银行铁岭分行。诗歌、散文发表于《海燕》《辽宁诗界》《辽河》《辽西风》《中国诗》《城山头文学》等杂志。诗歌《一场关于大米的咏叹》获首届"大荒源谷"杯大赛特等奖，《一颗心在他乡醒来》获铁岭第二届纳兰性德奖诗词作品创作大赛一等奖。

鸟 巢

■ 卢锐锋

（外七首）

风吹来了　夏天还热么

风吹来了　冬天还冷么

每一次温暖与寒冷的交替

都曾震颤过一颗幼小的心脏

像水面泛起的每一圈涟漪

扩散包围着扩散　一道柔软的墙

已将世界一分为二　高高在上呢

这小小的空间曾将一代又一代儿女

轻轻环抱　羽毛

那些生命必须依靠的东西

泥土里的草　在沉默中悄悄发芽

成长　而后飞翔

温柔地注视吧　在朝霞满天的清晨

每一截树枝每一根枯草　悉心地悬挂

都是珍宝 都是露珠
依靠在生命的边缘
滴落在窄窄的脚印下

这潭水让我想起母亲

这潭水 清澈 透明
保持自身的温度 温柔 又平静
风来了 随风而舞 顺从 不反抗
石子跳下来 一根手指按下指纹
这就是前世的约定
发泄的泪滴 总会融成水 融成平静
鸟儿飞过 云彩飘过
倾盆大雨 也来过
这潭水 依旧静默 不慌张
该来的总会来 该走的总会走
这潭水 敞开胸怀 只做她自己

在潭的怀里 只有一小部分
在梦里成了痛 她的痛淤在泥里
她颤栗 却不声张
保持了一生的神秘

葡萄藤一样的思绪

生活的总体走向 就是一根葡萄藤
生根 发芽 开花 结果
从开始的地方开始

在结束的地方结束

岁月的衣衫 在温柔的抚摸中

不疼不痒

每张面孔上 纵横的沟壑

已填不满细腻 用流水也洗不净

这样的日子 只要有一朵花开

就绽放了整个季节 这样的季节

雪白的翅膀和透亮的身体

都将悄悄地打开 在葡萄藤上栖息

一串串紫色绿色的葡萄 调皮地倒立

饱满的笔头 写出的是成熟

看不见远处山上跑着的小羊

也看不见天空飘着水灵灵的白云

此刻 他们是如此的专注

专注到只听着自己的心跳

专注到只专注自己的酸与甜

如果我是一只风筝

如果我是一只风筝

我要拂去天空脸上的尘土

吹一吹那湛蓝的双眸

让冬天的乌云飘走

让秋天的忧愁散去

如果我是一只风筝

我愿比鸟儿飞得更高

到云朵的后面
问问每颗雨珠的名字
喊响他们 只要重复一遍
春天就睁开了眼睛

如果我是一只风筝
我愿撑开夏天的绿荫
陌生的旅人 我会跟随你的脚步
把这片清凉送给你
顺便 把那些坎坷淹没

如果我是一只风筝
我也会告诉放风筝的人
有些结打上了 就不能拆开
这正如远方的爱情和友情
拿得起 却再也放不下

草原，还有那队多年以前驰过的马群

手边惟一的想象
就是缺水季节
那队驰过草原的马群
来自远方的潮湿蹄声
溅在小草们坚实外壳的边缘
充满柔情
并且听我唱歌

那令伟人们抚摸不已的马呀

在小草们异常丰富的语言中

轻盈地舞蹈

半个蹄印

就包融了所有的传说

总有一些值得纪念的鱼儿

在孤独的潭中听雨

就是这样的潭

盛满水和脚印

一条长虹　横卧在水草丰美的草原

还有那些鱼

都是一种风景

在骑士的目光深处

总挂着落不下的太阳

马儿　放慢了脚步

聆听青烟里干渴的乐声

我们的双手　又感到一种崇高的温暖

轻轻向草原滑来

想起麦田及友人

我是怎样一个耕者

头戴朱笠　身披蓑衣

持一柄锋利的镰

才能在八月的地头

品尝麦收的滋味

这种影响我毕生的植物
让我如此虔诚地守望
望眼欲穿 却又镇定如水

我和麦子一样 以挺拔的姿态
从始至终珍惜笼罩大地的
阳光和雨水
不论风从哪个方向吹来
都昂起头颅
即使麦粒被鸟雀啄食
不喊痛 也不会低头

可是谁关闭了天空 星星不再闪烁
可是谁迎面而来 却冷若冰霜
可是谁让自家的麦粒 跌进了别人的口袋
我叼着一支长长长长的纸烟
在八月的地头
想起麦田和友人

月亮用背影对着我

月亮用背影对着我
我心中的女神 用背影对着我
我也只能用背影对着她
给她一小片黑暗
仿佛这才是彼此的公平
放下过往 我们只能看着相反的方向
遥望各自的未来和前程

这个冬天 黑夜越来越长
越来越冷 云的被子越来越厚
微弱的星光都不见
我不知道月亮看见了什么
只感觉她的背影在微微打着颤

生命里总有一声叹息

今天 太阳从东方升起 从西方落下
阳光灿烂 花儿绽开了笑脸

今天 太阳从东方升起 从西方落下
阴云密布 鸟儿在巢穴里打颤

今天 太阳从东方升起 从西方落下
狂风大作 大树躺倒在路旁

今天 太阳从东方升起 从西方落下
细雨绵绵 男人擎着油纸伞 成了别人的风景

今天 太阳从东方升起 从西方落下
薄雾笼罩 探出头的鱼儿即被捕获

每一个今天 太阳从东方升起 从西方落下
昨天传来的那声叹息 还远远低于水流的声音

（原载《四川文学》2016 年第 10 期）

▎作者简介

　　卢锐锋，中国金融作家协会会员，北京作家协会会员，中国诗歌学会会员。现供职于中国出口信用保险公司。出版诗集《假如幸福明天来临》《撕裂的天堂——镜头中地震前后的北川》。另出版有《忠魂永驻海天间——记"航空工业英模"罗阳》《硬汉州长施瓦辛格》《李森的故事》《雪域将军郭毅力》《新北川》等作品。在《青年作家》《诗潮》《中国诗歌》《散文诗》《新诗界》《草原》《四川文学》《中华诗人》（香港）、《华文百花》（澳门）、《黄河诗报》《杂文选刊》等报刊发表有诗歌、散文诗作品。

塬上的日子

■ 肖照越

（组诗）

茶

从秦岭之南出发
越汉江河谷
钻进一只翠鸟的喉咙

在鲜嫩的纹理中
寻找出发的路径
一阕绿色修辞，被乡间民谣
带过南方山野
在南亚、欧洲和非洲
生根

从此，在秦巴山地
路，瘦成绳索

勒疼远行的乡愁
沉浮的岁月
被再次拉长

残雪

冬天留下疤痕
于难言之处

夜色擦过的地方都很疼
羸弱之躯
躺在北塬的暗影里
麦苗伸出自己的活法
洋槐低头不语
南来北往的鸟雀听不懂方言
请风做翻译

一座山的伤痛
只有太阳可以治愈

云之耳

从塬下爬上来
张罗一场雨的佳事
梨花把初春滴在北原唇上
一夜之间
所有的山峁都进入孕期

枯萎向北方逃离

盘根错节的情事除却繁琐

鸟鸣在柳枝生出芽苞

北塬脱去冬衣

土地的冲动

不再隐匿

一朵云，好像听到了什么

（前三首原载《星星》2018 年第 8 期）

云霞之上

  云霞之上，大巴山用远眺的眼神

点化我。阴翳之下

山风独领忧伤。湿润的视野

搁浅于河之右岸

我多么渴望阳光灿烂的日子

你看，那些笑意盈盈的葵花有多好啊

还有苞谷丝瓜豆角，以及

所有在枝头上张望的眼睛

都眉目迎人

在这个早晨，我无法拒绝

一个关于天际的想象。沿着霞光

步履，把心和目光

从山的背面缓缓托出

那些柔软的石头怀揣悲悯

仿佛一夜之间
所有石头都皱紧了眉头
白发自山腰铺展开来
泪水晶莹于草尖
柔软已是陈年旧事

横陈山野并非什么悲戚的事情
山巅，有云朵侧耳
那些昂扬的头颅
或方或圆，左突右冲
仍然达不到一棵野草的高度

坚硬是后来的事情
如果时光倒转一万年
我相信，那些柔软的悲悯
依然会滚烫地涌动

一片田野开阔于父亲的脸庞

父亲再次返回田野
操持他的农事

庄稼更衣换装。阡陌里
有蚂蚱驰骋。杜宇泣血的季节
田埂上，狗尾草银发闪烁
雨，徘徊于天际
焦渴再次于晴朗的日子

点燃山风。麦苗俯首听命

深耕，施肥，锄草，灌溉
父亲祈盼好年景。他不懂水文
气象，却把长长的沟渠
不经意引上了脸庞

父亲的田野气象万千。收成
既在预料之中，又在预料之外

山风的背面

山风的背面是水在密径
清澈如小家碧玉
荡漾的眸子与风有关
脉搏蜿蜒
悠悠一条好身段

那溪涧列石，省略了
多少村野爱情，谁也说
不清楚。如今的沉默
依然让人心生畏惧

我不是一条多情的鱼
但对风的声唤，却难以无动于衷
那些深深浅浅的吹拂
总在心湖生出涟漪

（后四首原载《延河》诗歌特刊 2017 年第 5 期）

作者简介

肖照越，陕西白河人，中国金融作家协会、陕西省作家协会会员，供职于中国建设银行陕西安康市分行。作品散见于《星星》《绿风》《延河》《厦门文学》《上海诗人》《长江诗歌》《中国金融文学》以及《金融时报》《陕西日报》等报刊，并有散文作为中学生阅读范文。2013 年，散文《八达岭读秋》获第二届中国金融文学奖；2017 年，诗歌《昨夜，长江从我胸口流过》获长江诗歌奖。

雪落辽宁

■ 何兆轮

（长诗）

1

腊月。娘的剪纸，贴在窗上——
叼旱烟的爹习惯了
沉默不语

羊在圈里
怀念青草的气息
咩的一声，天就亮了

沉默与声音
被雪埋得很深……

2

红盖头的女儿
像初绽的梅
一路唢呐，吹娘心疼的泪水——

打灯笼的雪呀
落在一个祥和的小村庄
听爹说的

远嫁的姐
三年没回家了

3

比夜更黑，怀孕的母狗
于故乡的柴垛
忍着做娘的腹痛

悬一钩新月
比镰更弯，纯银的饰物
挂在谁的耳垂

此时，爹给刚出生的狗崽
取一个比雪更白的乳名

4

一壶烧酒下肚
爹醉成一把老式的二胡

左手摘落夕阳
右手拽回月亮

来回几下子
大雪就从头顶和身边
滑落一地鼾声

听弦上
茧的声音，细腻光滑——
结满岁月的苔藓

5

乡村孩子的嘴边
篱笆墙、辘轳和井绳……
这一堆陈年的词语
似乎变得生硬

只有墙上，掉牙的三弦
记得起从前
唱二人转的爹娘

麻雀的巢穴
是我，大雪封门的故乡

6

家在乡村。雪落娘的头上
一穗经霜的高粱
守着日子归仓

我学三声布谷的叫声就躲起来了
骗得爹，探头张望——
一如盼耕的犁呀

从我的诗句里，翻出
大地的苍茫……

7

这就是我的家了
大雪的辽宁。风吹草低的梦乡——

在此，我将与爹娘
活完这一生啊

（原载《星星》1999 年第 10 期、《鸭绿江》2000 年第 4 期、《民族文学》2000 年第 9 期）

‖ **作者简介**

何兆轮，本名何棹伦，满族，1988 年开始创作，1998 年加入辽宁省作家协会，2001 年加入中国作家协会，2018 年被推选为辽宁省金融作家协会副主席。现供职于锦州农商银行。作品在《诗刊》《民族文学》《北京文学》《星星》《散文诗》等文学期刊发表和转载。著有诗集 3 部，编著诗选 1 部。代表作有《泥土》《阳光留恋的日子》《雪落辽宁》等。2016 年获得"首届闻捷诗歌奖"；2017 年 7 月被锦州市委、市政府授予第六届全民读书节之"最佳写书人"称号。

庭院的橘树

■ 张友琴

（外五首）

那时橘树葱翠，果实丰盈

我们围着它转圈

数星星，捉萤火虫

看橘树挂果

橘子一天天长大变红

然后，进入我们贪婪的嘴、鼓胀的胃

变成遥远和亲切的回忆

后来

橘树老了，我们长大了

就像那些上市的橘子跑得不知去向

只剩，孤零零的橘树终日陪护着老院

看日出日落

望云淡风轻

那吃橘的人还在世上
种橘的人已不知去向

（原载《绿风》2017 年第 4 期）

我不知道，我做的这些算不算爱国

我爱祖国的方式有些特别
清晨，我为老父端来一杯温水
傍晚，我为劳碌的母亲捶捶背
深夜，我为儿子掖掖撑开的被
偶尔，也为老婆量量升高的血压

做着这些的时候，我还常常会荷起一柄长锄
去那一亩三分地，给我亲爱的苗儿松松土
浇浇水、除除草、施施肥
顺便和它们拉拉呱
说些只有我们能懂的话

我的祖国很大，而我做的很小
我不知道，我做的这些算不算爱国

（原载《诗刊》下半月刊 2014 年 9 月号）

雅安，我为你斋戒三日

我无法插翅，赶赴雅安
送去一瓶水、一碗饭、一包药
送去一顶遮阳的篷、一把躲雨的伞、一床入睡的被
也不能去那块废墟上
搬一块砖、铲一锹土，抢救一个个垂危的生命

面对一幕幕撕心裂肺的场景
我急切关注，默默流泪，暗暗祈祷：
那些抢险救援的车啊，快点、快点，再快一点
那些最可爱的人啊，辛苦、辛苦，再辛苦一点
那些生命奇迹啊，尽可能多点、多点，再多一点
而那一串串黑色的数字就此打住，不要继续了

面对雅安，我无语凝噎，涕泪滂沱
我只有用属于我的方式，斋戒三日
以此祭奠雅安，祭奠那些死难的同胞

（原载《星星》上旬刊 2013 年第 5 期）

天气预报

电视台那妮子的脸一媚不生
字正腔圆的话也无平仄
嫩葱似的手指，掠过高山、平原、丘陵
指向，那个在祖国叫中部
在湖北叫鄂东南的地方

我的心会一阵阵收紧。那儿有我的娘亲
这么多年，我总在担惊受怕中过日子
既害怕它的准，又担心它不准

（原载《诗选刊》2013 年网络大展特别专号）

山上

那不是矫情，也不是张扬
每回一次老家，我总要去屋后的山上
走走、停停，停停、走走
青草纠结裤管，蚁路蜿蜒盘桓
我用脚丈量山的高度
看高了还是矮了，胖了还是瘦了
山的高度眼睛量不出来
我从这边上去，声音跑到那边
我从那边下来，声音跑回这边
声音和我捉迷藏。山还是那座山啊
一些熟悉的人，卧在了山上

（原载《绿风》2014 年第 5 期）

梦中的父亲

每年也就两三次，总在我熟睡的时候
你倏忽走进我梦中，有时你望着我笑
有时又很严肃，而更多的时候则是

什么表情也没有

我知道，两鬓斑白的我仍不能让你省心
就像那些日子，你总在我熟睡的时候
悄悄溜进来，帮我掖掖撑开的被
盖盖露出的腿

我想，你一定是在偷听我的鼾声
看与那时有什么区别，鼾声长了还是短了
轻了还是重了，然后，你总是带着遗憾离开
我怎么也喊不住你

（原载《诗潮》2016 年 9 月号）

‖ **作者简介**

张友琴，笔名秦时月，湖北蕲春县人，中国金融作家协会会员、湖北省作家协会会员、武汉作家协会会员。现供职于湖北省保险学会。有作品发表于《诗刊》《星星》《诗选刊》《绿风》《中国金融文学》等报刊和入选《世界现当代经典诗选》《湖北作家作品选（2016—2017）》《中国当代诗歌赏析》等选本和文集。

凉 夏

■ 魏友太

（组诗）

宁静

在雅姆的诗歌中

弥漫着强大的宁静

从法国山脉开始

一直浸到海湾城市

让汹涌的波涛安静下来

等待世界发声

世界沉默　喧嚣闭嘴

一切的杂音被调试到最小

小到听不到任何声音

只有心跳定期地敲打胸膜

提示生命正在悄悄行进

此时生命的脚步正踏在道路关键部位
每一双脚印像对好的暗号
逐一打开前面的门
又好像兆示秘密的音符
一脚踏下之后

一支宁静深海的乐曲
在屋内屋外响彻起来

等待

落下又升起的飞机
让乘客等待的心一次次落空
广播里延误飞行的歌意
难以安抚盼望的焦灼

在机场的等候区
学习耐心的等待
用一杯茶水或咖啡
浇灭不现实的非分之想
把过程当成目的
把想象当成现实
把等待变成一种难得的享受

把书打开
把书中的故事打开
那远方的诗意渐次来临
裹挟着修饰完好的人物

当阅读中的我们打成一片
让我们感受到生活中的美好
没有远离就在我们身边
在我们的每次举手投足之中
机场变成巨大的剧场
不是我们在等待什么
而是飞机作为观众
等待我们随时的精彩演出

海边

习惯在海边居住
就不愿躲在山后面
巨大的岩石和被雨水冲刷的泥土
常常堵塞呼吸通道
石沉大海的消化能力
让海边的空气温度适宜

海水像一台庞大的空调
让冬天的温度升高
让夏天的气温降低
调试心里的感受恰到好处
在海边容易与诗人接近
背诵海子的诗句
春暖花开　面朝大海
发出曹操的感慨
东临碣石　西临沧海
感受雅姆的宁静

学写关于大海的诗歌

平静的海岸线 抚平汹涌的波涛

在海边居住久了

大海成为永远的居所

即使无人理解你

海浪却能听懂你的心声

顺服

行走前的每一步

都是谨慎得让脚下渗出水来

都是安静得让耳朵听到心脏的跳动

听到哪一位的轻轻诉说行走时的每一步

都是按照说话者的嘱咐

都是让脚印成为说话语句的逗号或句号

行走后的每一步

都是说话者话语的应验

走过的山山水水一草一木

长满了那一位的荣耀

行走的脚步

不是跟着脚掌运动

而是顺服内心的声音

顺服说话者在心室中的密谈

低下

低下头颅
几乎要埋在打开的书页中
书中的文字
文字描绘的人物
人物所做的事情
深深地将目光吸引

低下头颅
不仅仅是一种物理运动
更是一种心理活动或人生态度
是对肉身的轻看
是对灵魂的重视
书中描写的不是神话故事
而是真实的经历
关于救赎、舍己
关于复活、重生
让内心充满感动和敬意

低下头颅
就是放下自我的架子
垂下骄傲的双手
顺服在强大的气场中
让庄重 肃穆 平安 喜乐
从内而外 散发在房屋中
大地上
让低下的头颅
成为仰望的标志

此刻

此刻机翼掠过丛林的树梢
掠过飞鸟的翅膀
沿着阳光的台阶
步步登上云架的家乡

此刻在云顶之上
与更蓝的天空在一起
还有更蓝的屋檐
在天空的上方

此刻地上事物离远了
宽大的机场像手掌那样大
又像小米那样小
城市像一片灰色森林
又像在雾中飞翔的鸟儿
寻找抵达的方向

此刻心底的那些往事
往事里隐藏的深深的忧伤
在阳光手指的拨弄下
变得特别松软温暖
往事里积存的灰尘
被看不见的风吹散
裸露出记忆中的形象
洁净的额头
红润的脸庞和天使一样

此刻心情非常平静
出发地越来越远
目的地逐步靠近
在行进的过程中
有阳光、云朵、天空
相随相伴
一起向期待的前方

欢乐

欢乐是被船体托起的
船底的木板将脚连同身体抬到半空

船是被海水托起的
海水像是一块巨大鲸鱼的背
把船身扛到湛蓝的天空

一串串欢快的呼喊
大人的、小孩子的、男人的、女人的
裹挟着震惊好奇
像从海面上跃起的海豚
迅速地升上天空
然后扎入海水

这些欢乐声中
孩子的声音最响亮
那份纯真 那颗童心
毫无顾忌地跳跃在海面上

激起层层海浪
伴随欢乐的余音一波一波荡向远方海岸

相遇

山与海的相遇是易见的
山岩的刚硬接纳海水的柔软
海底的坚实让山的根系更加深入

春与夏的相遇是易感的
春的温润降低夏的温度
夏天的谦逊
让春天延迟在五位的时间

历史与现实的相遇是易思的
佛释道在山林隐居多年
海道船载而来的世界经卷
让人们感受到另一位的存在

行走在石头挨着石头的道路
仰望哥特式建筑的尖顶
感受到脚掌与踏实的相遇
看到了尖顶与开阔的相遇

从城市的西部到城市的东部
从海到海 从山到山
从陌生到熟悉
从防备到敞开

从沉默不语到滔滔不绝

在青岛的相遇
让心与心更加连接
让思想与思想更加融合
青岛的相遇
让一个分为多个
又让多个合为一体

回程

从远方赶往家
赶往家人居住的地方
赶往温暖的发源地
赶往抱团取暖或促膝交谈

列车将景色抛在后面
将沙漠抛在后面
将封沙造林的树木抛在后面
将炊烟抛在后面
将有关炊烟的记忆和遐想抛在后面
把痛苦和喜悦压在下面

列车向前急驶
车厢摇摇晃晃却不致跌倒
就像此时的心态
将经历的波澜压在平静下面
脑海里浮现的是回家后的生活状态

和妻子孩子相拥

为家人做饭

一家人一起讨论写在书里的细节

殷勤

夏天是忙碌的

更准确地说

是殷勤的

路边的青草比赛着长高

像一群拳击手　搏击着

频频地出拳

肌肉爆满全身

脸上的汗水

沿着脸颊额头

快速滑落

就像河水　漫过河床

浸润山脚下的岩石

浇灌山上的景色

树上的鸟儿在哺育中

身上的蛋壳如铠甲

抵御风中的伤害

保护自身的羽毛茁壮成长

让飞翔的梦想积蓄力量

楼房里的人们

忙碌着手中的事务

炉灶上的火正旺

临近成熟的荞麦馒头

将蒸汽挂成一片瀑布

地面的灰尘清洗干净

像一面洁净的湖

而打开书页的经典

像一只船静躺

没有撒网

而夏天的秘密被一网打尽

（原载《山东文学》2018年第10期）

‖ 作者简介

　　魏友太，山东博山人，中国金融作家协会理事，山东作家协会会员，中国银行作家协会理事，中国银行青岛分行作家协会主席。现供职于中银三星人寿保险有限公司青岛分公司。已出版诗集《一双手和一种声音》《行走》《季节风》《暖冬凉夏》等。

阿妈的佛珠

■ 德西

（外三首）

再也不敢捧那串佛珠

怕惊醒已放生的灵魂

泪水滴到手心

涟漪绽开成掌纹

用如烟的往事将思念捻成一根绳

从 108 颗珠心里穿过

生到死的弧线在我手里打结

夜里万千沟壑纵横的心像灯芯在火苗里跳跃

被燃烧的呻吟　在黎明来临前的马背上残喘

黑暗里弥漫着含满痛的雾

吞噬了眺望天堂的眼睛

（原载《2018 中国诗歌年选》）

酥油灯里的阿妈

将您离去的每个日子

捻搓成酥油灯里的灯芯

一根根堆放在酥油灯旁

在点燃的灯里与您相遇

摇曳的灯火里

我无法触摸您的白发

灯线里膨胀着日夜积累的伤痛

连灯芯里的细草也变得锋利

在荒芜的心壁上划过一道道伤痕

微光中渐渐燃尽的酥油

滚烫的浇在心头剜去的那一处

生生刺醒梦中夜游的灵魂

灯芯垒得太多

堵住了轮回的路口

在您离去的那个殊日

是该又点燃千盏酥油灯了

烟熏的屋子四壁漆黑

一瞬间金碧辉煌

您面若桃花的脸庞在灯光里慈祥的微笑着

我依旧无法筑起河堤

阻挡肆意流淌的泪水

千盏酥油灯未燃尽的时间

您我无声地存在于彼此的空间

无语的凝噎

尽管那是一场残忍的对白

而我甘愿忍受这不逊于凌迟的刑痛

在最后一盏灯燃尽的时候

天空飘过一阵骤雨

落下刚好冲掉脸上的泪水

我知道是您又离去了

您经年的

气息和着酥油的味道

蔚蓝了故乡的天空

（原载 2019 年 4 月《今日中国》藏文版）

黎明前飘落的雪花

带着一城的心事

雪悄悄在黎明前洒洒飘落

大地终于温柔地将雪揽在粗糙的怀里

雪俯在大地的耳边细细倾诉

月色中江水放轻了流动的声音

静静聆听

风迫不及待地将听到的告诉了整个森林

度母笑了

轻沾净瓶的水

拂净轮回中俗尘的凡心

莲台上的菩提绽放在每个人的梦境中

如花　如烟

亡者的灵魂在天葬台上徘徊

系在经幡上的忏悔

在雪中翻飞

笑容凝固在黎明前睡醒的面庞

晨起太阳轻轻穿透披着雪纱的古城

江面飘着的浮冰闪着银光

流向下一个黎明来临前

（原载《贡嘎山》2019 年第 1 期）

澜沧江的爱情

扎曲似康巴汉子

桀骜不驯，裹着一袭黄衣，奔跑而至

昂曲似含情女子

柔情嫣然，携着一抹绿雾，款款而来

你们是杂纳荣草原私奔的男女

穿越扎纳日根山，风雨兼程

划过怒放的达玛梅朵

冲破雪域荒芜的风雪

穿越冰与水的质变

多少个 365 天

迤逦盘桓

穿过流沙的缝隙

相融在期待已久的怀里

热切的喘息

淹没在秃鹫振翅的声音中

多少相思和渴望

积攒了几季的力量

酣畅淋漓

这一刻得到了宣泄的满足

风住尘香花已尽

执手相望

眉黛浅出的歌

在晨雾中渲染而去

妙曼轻盈的舞步

在米拉热巴的鼓声中旋转

你们似天庭滴落的玉琼

洒落藏东化作一颗明珠

深嵌在澜沧江的源头

强巴寺的诵经声，穿越轮回的坛城

亚东卡的天葬台，升起缕缕的桑烟

澜沧江的爱情

在这里烙印属于康巴的符号

在经幡拂过的古桥上

帘卷西风的身影

绝代惊鸿

（原载《格桑花开》，2018 年获“我心中的澜沧江”全球征文
大赛二等奖）

▌作者简介

　　德西，女，藏族，西藏作家协会会员，中国金融
作家协会会员，供职于中国人民银行昌都市中心支行。
其作品散见于《格桑花开》《藏人文化网》《雪域萱
歌》《悦听康巴》《西藏诗歌》等媒体。入选《今日
中国》《2018 中国诗歌年选》《70 后中国汉诗年选》
《康巴作家群书系》《世纪诗典》《若昕文学》《印
象青春》《中国青年新秀作家》《贡嘎山》等书籍。

青 苔

■ 弋兴海

太阳打个盹
岁月就掉下一截儿

那些旅行的蚊子
总是漫不经心
所到之处
没有更多笑声

一些事物卷走了它的痴情
卷走了一些算计
留下的
只有风的巢穴

我们只身江湖

染上一些色彩

那些飘忽不定的石头

不会带来盐的味道

然而在他的指尖上

欲望消瘦了许多

转过头去

岩石保持沉默

那些用泪水腌制的陈年旧事

都汇入大海

只有一些被人遗忘的青苔

静静地铺满心底

（原载《星星》上旬刊 2018 年第 2 期）

‖ 作者简介

弋兴海，湖北省老河口市人，中国金融作家协会会员，中国诗歌学会会员，供职于湖北襄阳农村商业银行。在《星星·诗歌原创》《北方文学》《参花》《鸭绿江》等刊物发表作品，出版诗集《在石板上钓鱼》《心灵河流》。

车过德令哈

■ 许燕影

（外二首）

而今，我也经历着绿皮火车
经历着车窗切割的荒凉
铁轨默默地伸向远方
沙洲、戈壁，偶有红柳和骆驼刺
远在远方的风吹过
有人在暮色中轻轻唱着《九月》

含盐的湖泊沉淀着你的悲音
月亮突然在地平线升起
巴音河沉寂着，白水河沉寂着
那个七月刚刚过去
日光、麦地，夏天和太阳
一个先知者的呓语
把所有预言都化作尘世的梵音

车过德令哈，一声姐姐
"我的琴声呜咽泪水全无"

察尔汗盐湖

曾也无垠，你辽阔着蓝
殉葬于崩裂的峰岩
最终逃不过一场浩劫

从此，你流自己的泪
在伤口开花，结晶莹的白
你的天空已没有飞鸟
你的水中再没有游鱼
我见过寸草不生的荒原
知道你静穆中光耀的圣洁

但谁能凝住这千年之泪
坚硕的盐盖下
谁又能触及你涌动的暗流
我也是有备而来的，华衣盛妆
以高原虐后重生的虔诚一路拜谒

你是悲悯者，涤濯着尘缘的殇
匍匐于你的足下我卑微如尘
这就是命定中的必经洗礼
而今，我已铅华褪尽

天空之境，我在云端之上
素洁一如你的纯白

（前二首原载《诗歌月刊》2018 年第 6 期）

草木回到人间

一场雨后，草木回到人间
青草气息里有植物的拔节声
复苏和死亡层层交替
一生开一次花的塔希娜棕榈
我突然害怕它开出花朵

雨珠滚落在鱼尾葵叶上
鲜红的果实是诱惑的陷阱
印度马钱子不动声色
见血封喉透着冷冷的寒光
而唯一的解药红背竹芋草触手可及

海芒果失踪曾引发一场恐慌
洋金凤和紫檀自顾夫妻树的传奇
吐鲁香早已习惯暗自幽香
唯有断肠草黄色的花如此耀目
都知道神秘果随时可以混淆味觉
但谁能决然饮尽这世间之毒

仿佛生死界穿越，这个午后

有人用柚木叶染亮了双唇

（原载《诗刊》下半月刊 2018 年第 7 期）

▋作者简介

许燕影，福建晋江人，中国作家协会会员，海南省作家协会理事。供职于中国农业银行海南省分行。已出版诗集《轻握的温柔》《我怎能说出我的热烈》，出版诗文集《燕影的天空》及随笔集《踏花拾锦年》。

街角的黄昏

■ 谢华章

（外二首）

像是十二级台风
预言一次阴谋来临
街角的黄昏有如滴血的神经
让心流浪，让天空倾斜过来

所有的故事都在黑匣子里陈封
所有的幻觉都像燃尽油的灯笼
唯有逃遁的纸片依然飘飘洒洒
像冬天的雪花在春天里飘落

我试图敲醒最后一声门铃
通向沉眠的半个场景
却被一道寒光袭得心旌摇荡

落日的余晖呀，此时像结痂的风景

在半空中黯然失色

（原载《福建诗歌精选》）

时间总是颠覆我的想象

夜像一袭睡衣

让我越发显得孤单

月圆了又缺

不知过了几个轮回

时间总是颠覆我的想象

我无法丈量与故乡的距离

梦的隐意是否暗示

一种更深的痛

剩余的真实虚无飘缈

心变成一座空城

阉割的欲望血流不止

（原载《北漂诗篇》）

守望秋声

守望秋声的尽头

我流失在黄昏的碎片里

心的长廊

闪烁斑驳的泪光

我熟悉的自画像

挤满世间的尘埃

树上的鸟巢 在风雨中

永远端坐在我的呓语声里

渐渐深刻的内伤

我看见一份死亡的确凿名单

夜里载满蟋蟀的交欢

在绝望颤抖中

总有一滴血液尚未干涸

守望不屈的头颅

（原载《椰城》1998 年第 5 期）

作者简介

  谢华章，中国金融作家协会会员、福建省作家协
会会员、漳州市作家协会理事。1988 年开始文学创作，
作品见于《人民日报》《中国工人报》《福建文学》
《厦门文学》等报刊，有作品入选《微型小说选刊》
等选本，著有散文集《夯土的史书》《长教云水谣古
村》《行走的记忆》。

青草的自述

■ 任佐俐

（外一首）

一月天明。二月苏醒
三月春风骑马过玉门
留下长城
四月，绿裙拖曳

五月出生的小骨朵
六月妖娆
七月招蜂引蝶，是是非非
八月，我思想涨高，懂得真爱，做了母亲

在九月的长坡
我知遇牛羊
成为苦涩的汁液
甜美的乳汁

十月，我灵魂归来，成为大师笔下

壮烈的意象

转眼，十二月

我听见人类的脚步声

惊动了诗人——

他掀开门帘

望见大雪纷飞

草和草籽

站在冬天的牙齿里……

（原载《诗刊》下半月刊 2016 年第 5 期）

相见欢（组诗）

露珠

我依然，躺在另一颗露珠的身旁

透明的胸脯

染上了黎明

舍，与不舍

在我们的心中延伸。是歧途

也是大路

我们开始忘却

合上眼帘

阳光切开了我们美丽的肌肤

我们
获得了轻

今生，最后的
一丝疑惑
——"谁，交换了我们的重量？"

一种语言

在没有留下任何痕迹之前
雪，归属于艺术
承载想象

雪，被烙上足迹
千万次地发出"咯吱""咯吱"的声音
让我肃穆
和怀念

旷野茫茫
只有灵魂与肉体紧紧相拥
共赴生死
才配得上这样的告白

那时，想象
也被惊飞
逃得了无踪迹

崖边抚琴

崖无边……

琴路，却断了
泱泱空穴之风，吹动空荡荡的衣袖
高山惭愧
流水惭愧
一滴浑圆的泪，盛着清浅干涸的月亮

谁，逃出了这画面？
……
谁是儒生
谁是侠客
是谁把古老的悲伤，嫁给现代的秋霜

谁，又躲进小鹿的身体
听时间
在她心中破碎——

尘埃落下
苍穹落下
一个雪白的身份，始终没有落下

在海岸

此刻，浪花停止了吻别
闭上眼睛
靠着船舷
仿佛，时间也松开了手

成为我额头上
清凉的皱纹

我靠近了生活蔚蓝的部分
甚至与它的灰暗
相忘于
此岸

只是，忽然醒来才发觉
尚有往事
想与彼岸的人
分享

阅读喜鹊

葱郁的季节已过去很久
我依然
在故乡阅读

在郊外大胆觅食
交欢的喜鹊
从稚嫩的枝头飞向冰冷的枝头

它们——
叽叽喳喳
在我半开的人生中
讨论春秋

它们不知道，被禁锢在一首诗中

是什么滋味
不懂得枯瘦的冬天
忽然开花
意味什么

我写到它们
便想到天使，当我抛弃这首诗
呢喃搭成的桥
就消逝……

遇见海棠

当我，反复沉浸在一首旧诗
海棠正在为逝去的春天
撰写悼词

我们突然相遇
碰了碰肩膀
我们受过同样的伤，却生长不一样的痛

疤痕，不是结局
是一种安慰
秋天，我们都没有修成正果

只是，我们懂得
花儿为什么这样红
心为谁成殇

霜降

抬头，望见亲人
从后山归来
放下锄头，两手空空

转身，风，从祖屋
的骨缝里取走
第二百零一个秋天

人间，有干涩的露珠
折返的飞翔
哦，可爱的小生命，完成了一生可爱的挣扎
似旋转飞逝的词

我从白梦返回现实
细细擦拭
角落里遗弃的灯盏。粉屑的尘埃
曾是铺在我心头
的白霜

（原载《中国金融文学》2018 年第 4 期）

‖ **作者简介**

任佐俐，女，中国金融作家协会会员，辽宁省作家协会会员，中国诗歌学会会员，辽宁省金融作家协会理事，供职于广发银行沈阳分行。诗集《风吹雏菊》曾获中国金融文学奖诗歌提名奖。

又遇桃花

■ 周锋荣

（组诗）

几只麻雀站在莲花寺额头

几只麻雀合力把
春天衔起
挂成斑斓的一道风景

阳宝山，供养莲花寺的灵气
喧嚣与艳遇，对和错
从月光穿越到阳光中

麻雀用虔诚提携虔诚
跟着念长长的经文，一脸通红
目光与众人的目光，互通梦话

谁想从铜钟里取出金属的声音

擦亮生锈的杂念
引领名字和心事，简化成一声佛号

远望莲花寺遗址，和尚墓塔
被一队雾气押送至时光之深处
麻雀被佛光点化成串珠

石匠阿三

用叮叮当当的声音
复制父亲的手艺、名声和故事
粘贴到自己铿锵有力的日子

铁锤，钢钎，目光
删除多余的粗糙、棱角
删除岁月闪光的伤口，叹息
删除头顶沉重的汗渍
接力季节的风花雪月

当各类形象随着碎石、粉尘、梦想
像花一样盛开
你最终把自己删除了
把安详的姓名和影子
粘贴在墓碑上

又遇桃花

将多皱的一生
开出无数的明喻暗喻
春天的源头苦于修行

一座村庄的红痣
向前世走去
如苦读的秀才出示白卷
眼睛微微一痛

看桃花的人，也成了桃花
春深了，摁着心跳
一心想领取那遗失的爱情

（原载《椰城》2018 年第 11 期）

║作者简介

　　周锋荣，中国金融作家协会会员，江西省作家协会会员，现供职于中国农业银行江西省干县支行。在《诗选刊》《绿风》《四川文学》《滇池》《椰城》《光明日报》《散文百家》《中外文艺》等报刊发表诗文多首（篇），曾获四川省文艺传播促进会"走向春天"征文二等奖，《诗林》杂志首届冰雪节杯全国新诗三等奖，2012 年全国金融文学大奖赛三等奖等奖项。

一起行走的感觉

■ 马芮

（外五首）

一起行走的感觉
是诗意行走的感觉
是漂流九曲溪似的感觉

虎啸岩　天游峰
又出现在梦中　来年
我还要再攀登一次

那时　在陡峭的悬崖边
在断级的石阶中
我不再是一只掉队的蜗牛

那时　有一只手
推开我的拐杖

紧握住我的灵魂 向上

当拐杖在谷底了无踪影
红红的脸颊就在山顶
成为一只欲飞的山鹰

（原载《〈诗探索〉2011 年度诗选》）

梦蝶

把我雨季后的第一缕阳光
给你，当你向我飞来

在艰难困苦之后
在伤痕累累之后
在泪雨滂沱之后
我的笑容，我的第一缕阳光
温柔甜美
灿烂似锦

伟岸的河堤
潺潺的流水
婀娜的垂柳
娇羞的玫瑰
在这宁静的黄昏
黑蝴蝶 白蝴蝶
如饥似渴如胶似漆
形影不离难舍难分

把我生命中最灿烂的笑容
给你，让我明媚的阳光
甜蜜你的梦境
温暖你的一生

梨花的香气

石湖的梨漫天遍野
雪片般典雅高洁
迷人的香气
芬芳如酒
氤氲在我的歌声里
石湖的阳光
金色的土地
把我疼爱
把我亲昵
让我夜夜有梦
梦更甜蜜

梨花的香气
是石湖人的情谊
深入骨髓
深入心底
使我有伤痛也不再哭泣
那梨树下割草的村妇
憨厚的果农和听歌的孩子
他们送我的野草和菜花
是我心中最奢侈的礼物

从此我的歌声里
就多了份纯朴浑厚的色系
从此我的生命
菜花般绚亮
梨花般清丽
风景般旖旎

丝瓜

路边的农妇们叽叽喳喳
跟前摆放着的不是菜也不是花
是肥嘟嘟的像婴儿一样可爱的秧苗
这些秧苗刚刚吐出两瓣嫩嫩的绿芽

我想起门前那片土地
于是我把这些婴儿带回家
当西红柿和青椒长骨朵的时候
丝瓜的藤蔓正奋力向外伸爬

于是我搭起了高高的藤架
我把丝瓜的藤头一一牵上藤架
我精心地除草施肥浇水
瓜藤在藤架上开了许多小花

西红柿青椒早打起红红绿绿的灯笼
藤架上却没结出一根丝瓜
我每天都在盼望中把丝瓜寻找——
却发现有一根瓜藤没有爬上藤架

这根瓜藤在地面上扎下了根须
地面上却长着两个圆圆的丝瓜
哦　藤架呀藤架
哦　丝瓜呀丝瓜

我的菠菜我留着

我的白菜和萝卜出芽了
绿绿的嫩嫩的密密麻麻
像少女的心思
今天我又种了菠菜和香菜
我知道你最喜欢秋天的菠菜
有很多小姑娘送过很多很多
水灵灵亮鲜鲜的菠菜给你
可你不知道菠菜是抗寒的植物
你不知道经过了严冬的菠菜
才是最好的最棒的

你就吃点我的白菜和萝卜吧
等到明年花开的时候
我可以送点香菜给你
我的菠菜我自己留着了

飘摇

谁的迪斯科在纵情舞蹈
谁怀抱吉他　摇头晃脑
喧嚣的水泥钢筋的闹市

一棵树
一棵美丽的安静的树上
有温柔的碧绿的音乐之床
在梦中飘摇

任树外的风雨疯狂肆虐
任天上的流云暗淡飘缈
翠绿的树叶把心情照亮
疲惫的灵魂在此栖息　祈祷
让爱喷涌
让情燃烧
来了　就不再迁徙
爱情鸟

屏住呼吸
侧耳聆听
鸟儿在轻轻歌唱
京腔京韵
无比美妙
鸟儿说我不是在唱歌
我是在想妈妈
我想撒娇

哦哦
好呀好呀　宝宝
你若是累了倦了委屈了
你就撒撒娇吧

哦哦　等到黄昏

唱得西皮流水不跑调

鸟儿就拥着树儿

一直向上 向上飘摇

（后五首原载《中国金融文学》2015 年第 3 期）

‖ 作者简介

马芮，女，回族，中国金融作家协会会员，江苏省作家协会会员。现供职于淮安市农村商业银行。1989 年起在报刊发表诗歌、散文、小说等文学作品。诗歌《绒线帽》《在农家小楼上》《盛夏，母亲来看望我们》《忧郁的桂树》等，先后在"冰心杯""鼎力杯""江扬杯"等全国诗歌大赛中获奖；著有诗集《花布伞》。

如果有一刻的安静，就想想母亲的样子

■ 柯桥

在秋日干草堆下
母亲纳着鞋底
戴一副黑边框的小眼镜
埋着头
钻眼 插针 拉线
一用力就咬着牙皱纹加深
好像要把整个秋天纳进鞋底
母亲也经常哭 号啕大哭
母亲痛哭时
用双手掩住脸庞
泪水沿着干枯的手臂好像要流回她的身体
也总想趁母亲高兴时好好看看她
羞涩的母亲总会不好意思地转过身去
现在只能在黑暗中想她

在大风中想她

在荒芜的秋天想她

在大岭背长满杂草的废墟上想她

在清明和她的忌日想她

母亲的样子只容我想一想

我的乳名只容母亲在梦中喊一喊

（原载《诗刊》上半月刊 2017 年 12 期）

‖ **作者简介**

    柯桥，本名柯小荣，江西宁都人，中国金融作协会员，供职于中国工商银行江西瑞金支行。有诗歌发表于《诗刊》《星星诗刊》《诗选刊》《中国诗歌》等，出版诗集《时光灯盏》。

心事

■ 罗月

有时候突然觉得自己矮了
心事从头到尾压来
忍不住唉声叹气
如果胸中有门
我愿把钥匙交出
任何时候都可以打开
却是空荡无余

这是说不出的心事
可以穿成一串串
摆在书桌上的日历旁
着手解决
一个个消失

亲情的心事无形

渗透血液

摆也摆不脱的原因

千方百计逃离父母

却是亲情的影子重重

原来这般思念双亲

是伤感的真实

母亲是一个心事

父亲是一个心事

母亲的嗜好是一个心事

父亲的孤独是一个心事

各在一方

母亲的嗜好我不能满足

父亲的孤独我无能为力

亲人的心事催人泪

故乡的信笺吸不尽

谁会相信

父母平安的后面没有事

（原载《星星》2009 年 8 月总第 483 期）

‖ 作者简介

　　罗月，河北唐山人，四川金融作家协会理事。供职于交通银行四川省分行。1990 年 2 月诗作《困境》获首届"华夏缪斯杯"诗歌大赛佳作奖；诗作《无风的季节》获 1990 中国东方微型文学大赛佳作奖；1991 年三首诗歌被编入华艺出版社发行的《中国青年女诗人一百家》。

写到

■ 伍登攀

写到雪，雪就下了
写到月，月就在故乡明了
写到风，风就吹落了一地的月光
写到山寺的钟声
那声音就在年岁里打坐，参禅
翻阅时光的经卷
许多事情
就像一个个方块字
自然而然地流淌到我的纸上
比如，南山的草木
生长，凋谢，春风吹又开
比如，夜里的灯盏
静静地亮着，独自照着自己的江山
比如，突然想念远方的老友

而恰巧他也在想你

比如，想着想着

你就流泪了

像是遇到了曾经的自己

（原载《星星》2015 年第 11 期）

作者简介

伍登攀，1987 年生人，四川宣汉人，供职于中信银行达州分行。四川省金融作家协会会员、达州市诗词协会会员，有作品见于《星星》《中国诗歌》《当代诗人》《南方诗人》《长江诗歌》《散文诗》《四川诗歌》《中国诗歌报》《大巴山诗刊》等期刊。

永恒的春天

■ 程 华

那是一条通往春天的路
阳光亲吻着新绿
鸟儿欢快向路人求欢
花儿优雅弯身绽放
一抹娇羞被春风带走
送来阵阵嘉木的清香
把信念倾注在那片春光
盛开出一朵木棉 绚丽一季

春尽红尘 徘徊寒暑
再次走上通往春天的路
午后正阳如双眸般沉寂
仿佛带回我那个春天
努力找寻你的脸庞

轻吟永恒的远方

不闻熟悉旋律

困惑之心把疑问投向天空

梦幻光影折射崎岖心路

蓓蕾绽放出一簇鲜花

荡漾着红色 绿色的芬芳

爱把它吹送到我的发丝 心田

你欢乐自由地生长 翱翔

忘了时光

忘了谁是谁的原野

那个永恒的春天早已筑巢心上

（原载《中国文化报》2018 年 3 月 20 日）

‖ 作者简介

　　程华，女，深圳作家协会会员，中国散文学会会员，供职于民生银行深圳分行。

安平桥情思

■ 柯芬莹

倘在古时
这短短的五里长桥
会是你我　无法逾越的距离
潮起潮落
难以感动冰冷的条石

而你　依然选在月夜
吹响一枝长笛
铺就满满的相思

这前世的眷恋
跨越半个世纪的流离
一分一秒　飞奔向你

归去 归去

世纪末回家的一双儿女频频回首

等待你走近的足音

（原载《诗刊》下半月刊 2005 年第 7 期）

‖ 作者简介

柯芬莹，女，福建晋江人，就职于兴业银行泉州分行，福建作家协会会员。出版诗集《星雨》，作品散见于《诗刊》《星星》《福建文学》等刊物，曾获《福建文学》"初出茅庐"优秀奖等奖项。

中国河

■ 黄春祥

（长诗节选）

1

写下这个标题时

我听见涛声澎湃，犹如万马奔腾

一段熟悉的铿锵有力的旋律在耳边响起

我想到了母亲河黄河

想到了壶口瀑布，想到了歌曲《保卫黄河》

作为一个从小生长在江南的人

我曾有幸两次来到黄河边

用心感受这条与生俱来奔流在血脉中的河流

零距离与我心灵产生的碰撞

在郑州黄河风景区，我登上小顶山

眺望远方

坐在土坎上凝视深思，任心中激情汹涌

8

每一条河，流动的都是一方风景

那白天的船帆，那夜里的渔火

怎么看，都是一幅画，一首诗

每一条河上，都架有桥

无论古代的石板桥，还是现代的钢筋桥

都是一首凝固的无声的歌

我喜欢沿着河流行走

看河里的风景以及河水滋润的两岸土地、村庄

在每一个古渡口流连

在一个又一个河湾

想象昔日河运的繁华

在河堤的风雨亭里沐浴一场历史的风雨

9

我喜欢看河流交汇

就好像喜欢看两个陌生人握手

两条河交汇，清浊一目了然

两条河一交汇，河面就变得宽阔

就像两个人一握手，力量就变得更强大

两条不同的河，在交汇之前

各有各的脾气、特点

在交汇之后，它们就完全融为一体

再也分不清哪滴是泾水，哪滴是渭水

一条全新命名的河流就此诞生

它们之前各自的名字不再沿用

轨迹也只留在了地图上

10

无论是大河，还是小河
无论是异乡的河，还是家乡的河
没有一条是笔直的
每一条都是九曲十八弯
也没有一条是平坦的
每一条都有过跌宕起伏
就如我们每个人不可预测的人生
有顺境也有逆境，有高潮也有低潮
但是每一条河，最终都是向东流去
高高的青山遮不住，厚厚的时光挡不了
一条河的命运就是一个人的命运
河的归宿是大海，人的归宿是墓地

13

这是一条季节性的河流
每年只有雨季的几个月有水流淌
这是一条典型的内陆河
河水流着流着就消失了
这是一条罕见的倒淌河
自东向西注入一座大湖泊
而这条河发源于高山
两岸陡峭，河谷幽深
这条河则是一条平原河流
水流平缓，沙滩密布
各种类型的河流遍布在大地之上
如同各种各样的人行走在天地之间

14

隆冬，这条北方的河流又如期封冻

被河水分隔的两岸暂时统一

这条平时咆哮的河流

此刻变得如此温柔沉静

孩子们在冰封的河面上溜着冰

大人们从此岸到彼岸省了不少心

有了硬度的水，如一个脱胎换骨的人

看不到昔日孟浪的身影

只是它冰封下的某条鱼

有时如控制不住的坏脾气

会冷不丁在冰层的某个薄弱环节蹦出水面

河流冰封的表面下，从未真正停止过汹涌

16

每一条河流都随地势弯曲起伏

尽显水之柔美的个性

河流经过的地方，水草肥美，五谷丰登

因此，每一条河流都被赞颂、被顶礼膜拜

每一条河，据说都发源于一座山

开始水量很小、水面很窄

慢慢地，一路走来

水量逐渐加大，河面不断拓宽

这是由于每一条河流都有容纳的胸襟

更为难能可贵的是，大多数河流

在漫长的旅途中，均能保持源头清澈的本性

那正是我们要努力回归的初心

17

在河边出生的孩子
天生是游泳好手
他们熟悉河岸的每一棵树、河滩的每一株草
熟悉河里每一条鱼的爱好和性格
他们喜欢挑战涨水的河流
在宽阔、混浊的河面肆意横渡
这时的河流一改往日的温柔
脾气暴躁，不时卷起一个个水桶粗的漩涡
一副要把人活活吞噬的可怕模样
每年涨水季节，都有孩子被水流带走
但弄潮的孩子没有因此减少一个
年复一年，他们在与河水的抗争中逐渐成长

18

在古代，送别除了在长亭
一般还发生在桥上和河边
水边的柳，是这一场面必不可少的道具
数不清，在河边，究竟有过多少分离
那奔腾的河水，又有多少是离人的泪
更有那些发生在河边的传说、故事
说起来，比河流更长，比河水更多
考察一条河流，就是考察一部人类的生存史
弄懂一条河流，就是弄懂人类自身
从何处而来，到何处而去
无论是大河还是小河
一条河流的困惑就是整个人类的困惑

19

世界四大文明古国

都与河流有关

黄河和长江

孕育了中华民族悠久灿烂的古代文明

华夏版图上的这一江一河

两条巨龙，行云布雨，滋润大地

炎黄子孙得以生生不息、繁荣昌盛

如今，这两条巨龙再次发力

大江大河之上，处处龙舟竞渡、力争上游

每一个码头、港湾都是人声鼎沸、热闹非凡

龙的传人，在两条大河的带动下

跃升腾飞，融入天上更广袤、浩瀚的天河

21

我所见过或者说经历过的河

大都是小河

正如我所接触或交往过的人

大都是平凡的人

这些小河，流着流着

就成了大河，变成江

江，都是由很多条小河汇集而成的

正如一个人一样，沿着时光行走

走着走着就组成了家

世代繁衍，越来越旺

终于成为大家望族，知名一方

那些在时空中走失的河流，总是令人无限怀想、伤感

22

孩子天生与河流有缘
山里的孩子会对着一条河的流向
痴痴地想上半天
甚至在梦里，顺着河水走向远方
这往往成为孩子今后生活的动力
河流是一位无言的启蒙老师
它懂得孩子心中的向往
先于孩子出山的，是一枚山里的树叶
若干年之后，当山里的孩子站在大海边上
辨认哪滴水来自家乡的河流时
他看到并引以为据的，就是这枚来自山里的树叶
当他重新把这枚树叶拾起并夹进书中的时候
他已经是一条大河了

23

有人说过：人不能两次踏进同一条河流
可我觉得，每一条河流都似曾相识
我遇见的河流，都有一副慈母的心肠
她们用自己甘甜的乳汁，哺育沿途的女儿
哺育牛、羊、青草和其它各种植物
浇灌出的五谷年年丰收、瓜甜果香
只有在雨季，她们才一改往日的温柔
变得汹涌、咆哮，像易怒的父亲
有时给调皮的孩子狠狠地揍上一拳或扇一巴掌
后来，当我一次又一次走近同一条河流时
终于发现，我踏进的确实不是同一条河流

连我自己，也已经不是以前的那个我自己

28

我曾沿着一条河流的东堤走到了 B 地
沿着这条河流的西堤走到了 H 地
两个南辕北辙的地方
被一条河流奇妙地连在了一起
这是我之前没有料到的结果
原来这条河在流向的前方
与另一条河交汇
阻断了我继续前行的脚步
在惊异之余，我大彻大悟
条条大路通罗马，河流也是一条路
沿着河流行走，当可通向四面八方
河流又做了一回我无言的老师

29

一个人的诞生
就是一条河流的诞生
婴儿最初啼哭的眼泪
就是一条河流的源头
清纯的源头
随着年龄的增长，阅历的增加
更有无穷欲望的追逐
河水变得越来越浑、越来越浊
河流的心事也变得复杂，无人知晓

河床不知道，河岸不知道
连朝夕相处形影不离的鱼儿也不知道
河流的喜怒哀乐只在水里流淌，悲欢离合只在浪里演绎

30

我是一条生活在河水里的鱼
感谢河流长期以来无私哺育了我
河面的宽窄、河水的深浅
甚至清浊，都与我息息相关
我是鱼，既知鱼之乐，也知鱼之悲
只是我的眼泪你们人类无法看到
但是你们人类的悲伤、无奈我却能看见
你们常常在河水断流或即将断流之际
在龙王庙前跪拜祈雨：
　"桑条无叶土生烟，箫管迎龙水庙前
朱门几处看歌舞，犹恐春阴咽管弦"
你们的悲哀犹胜于我们鱼们的悲哀

（原载《抚河》文学季刊 2018 年第 3 期，部分诗节被选入《2018
江西诗歌年选》）

‖ 作者简介

　　黄春祥，笔名冰河入梦，中国金融作家协会会员，
江西省作家协会会员，抚州市作家协会副秘书长，抚
州市诗词楹联学会副秘书长。现供职于中国工商银行
江西抚州市分行。著有长诗《中国河》《抚州历代名
人》，出版诗集《月下指月》《翠绿的回忆》《微弱
星光》三部。作品散见于《人民日报》《诗刊》《诗
选刊》《散文诗》等刊物。

井冈红米

■ 岚　涛

（外一首）

一首歌

从儿时飘来

很香

也很甜

细细品味

我知道红米与南瓜有关

面对殷红的精神

思绪　开成一束

灿烂的杜鹃

记忆　结出一瓣

丰满的红豆

立于泥土

久久渴望

当年那野菜的气息
草鞋的足迹……

亲吻纯朴的故土
饱饮赤热的母爱
心 沉沉吟起
铮铮的历史
耳畔呵
生命融入大地的壮曲
炽旗迎风宣读的誓言
哗哗潮起……

啊 井冈红米
我终于明白
颜色的另一层含义

（原载《光明日报》2002 年 8 月 12 日）

红色瑞金（组诗）

红军烈士纪念塔

走进瑞金
站在叶坪
红军烈士纪念塔
像一枚上膛待发的炮弹
坚挺铿锵的历史

十块刻碑铭记

颗颗石粒

附着苏区无数先驱的英灵

五角塔座清楚

十三米高度

承载红都多少崇敬与怀念

从井冈山走来

　"踏着先烈血迹前进"

脚印　延伸征程

毅力　凝聚意志

牺牲　染红信仰

啊　滚烫的故事

激励号角的嘹亮

与步伐的坚定

脊梁深处

巍峨一座铜墙铁壁的精神

在"红井"吊水

轻轻抖动怀念的绳索

渴望的小桶

猛然扎进清粼粼的恩情

虔诚　从 1933 年 9 月

吊起滚烫的时光

与沉甸甸的记忆

啊 鲜活的故事
似乎当年的汗珠和湘音
远道而来
微笑红都的幸福

饮"红井"水

舀一瓢畅饮
1933 年 9 月沙洲坝的故事
口感很好

甜甜的湘音
甜甜的惦念
甜甜的关切
悄悄湿润
情感的干渴

透过清粼粼的生活
井水啊
仿佛让我看到
挖井人慈祥的笑容

读第 32 课《吃水不忘挖井人》

静静地读着
从"瑞金城外……"
到"时刻想念毛主席"

一字一滴清泉
一句一瓢甘甜

一文一井怀念

一百字融入
煮沸我
深邃的感恩

（原载《中国金融文学》2018年第3期）

▌作者简介

　　岚涛，本名杨晓青，江西吉水人，现供职于中国工商银行江西吉水支行。中国诗歌学会、中国金融作家协会、江西省作家协会等会员，吉水县作家协会副主席。作品散见于《世界文艺》《光明日报》《诗刊》《作家报》《星火》《黄河文学》等报刊和选本。出版诗集《潇洒的初恋》《人生驿站》《金融魂》《岁月风铃》等六部。

血性的河流

■ 江 湖

（长诗）

1

你是迤逦在大地母体上的一条血脉
流淌着我的种族、籍贯、姓氏和命运

松花江呵，当我走进你的时间流水深处
却见你跌跌绊绊，回肠百转，一路沧桑而来

你是水，一弯白亮亮的水呵
水，又是你历尽艰辛磨难、漂泊流浪的路

而我，则是你伤痛时的一滴血，屈辱时的一滴泪
是随你一同起伏跌宕的那一滴呵

你的胸膛里，曾澎湃过先烈们滚烫的血

你的歌声中，曾汹涌着先辈们流亡的泪

2

在我的心目中，你是一条神性的河流
一条燃烧着悲愤的血性的河流呵

你情寄八荒，常与日月山川拥抱
你思接千载，独与天地精神往来

你奔腾不息、不可阻遏的磅礴之势横贯古今
你不弃点滴、吸纳众水的胸怀壮阔无比

你的琴韵是那么清新而又古老
你的况味是那么悠远而又绵长

你那根琴弦上流淌出的歌声
就是我儿时梦的游踪呵

3

你的表情，就是叙旧行吟的表情
你的本色，就是东北大地上的光芒

你那不舍昼夜、滔滔滚滚的行进方式
始终保持着诗歌的韵律和节奏

我时常在你的一滴水珠里倾听

倾听你血脉的呼吸与跳动

我想踏勘你命运的险峻和崎岖
探究你情感的波缓与浪急

松花江呵，你的今昔就是我的今昔
我的心跳，注定要与你脉息相一致

4

沿着你的两岸，我曾寻找过自己生命的根
那些为国捐躯的有名或无名的姓氏都是我的亲人

当我头顶烈日、脚踏风沙哼唱着那首歌
你便在我的体内汹涌澎湃，涛声四起

我觉得，在我尚未出生之前
你就已经决定了我的种族、籍贯、姓氏和命运

因为，在我身上一直流淌着你生命的基因
我是喝着你的水长大的河流的子孙呵

当我翻开你那一波三折的屈辱历史
便看见你的身影在痛苦的时光里弯曲

5

我终于明白了我与你生命的血肉联系

松花江呵，你就是我的祖国、我的民族、我的姓氏呵

我的先人们，在远古的洪荒时代
就已沿着你的流域逐水草而居

一代又一代，他们被你的流水养育
在这片土地上牧畜、渔猎、耕织、繁衍生息

远眺你历史的蜿蜒
近听你的心跳与呼吸

时而像滔滔的讲述
时而如长长的叹息

6

洪水泛滥成灾的年代，你曾手牵
发怒的洪峰，潇洒地从河床里走过

兵荒马乱的残酷岁月，你那青山绿水的心
便骤然间汹涌如涛，发出愤怒的吼声

你那与生俱来的沧桑感，一波一浪
折叠的，分明就是一部清醒的历史呵

你的内心波翻浪涌，不停地拍击沉睡的两岸
那骇人的回音，常在夜间探入我天真的梦境

使我在梦中多次惊惧地起身
睁大凝望和审视的眼睛

7

当高粱倒下一片片鲜红，当大豆摇响金秋的警铃
我仿佛听见了先辈们痛失家园的流亡歌声

我看见，咆哮而去的是你江水的呜咽奔流
汹涌而来的却是你燃烧的仇恨与愤怒

流亡的歌声是血泪的歌声呵
失去家园的伤痛是永远的伤痛

你美丽的青山绿水，顷刻间
便成为倭寇屠刀下的生死场和万人坑

沦陷的家园成为侵略者的细菌试验场与屠人城
染红江水的鲜血，都来自我血脉相连的父兄

8

"我的家在东北松花江上"，这是先辈们
痛失家园的歌声，是燃烧的歌声

这是从你的流水深处，从先烈们
发光的骨殖里流淌出来的歌声呵

在这如泣如诉的歌声中
我闻到了一股血的味道。松花江呵

在你高一声、低一声的讲述和哀叹里
我听出了历史的屈辱和沉痛

先辈们救亡图存、誓死捍卫家园的伟大灵魂
终究要返回这精神永生的故乡

9

所有这一切，虽然早已沉入历史的江底
但，你激起的白色浪花，就是对英灵们永恒的悼念与
传颂

滔滔的江水，或许会淹没侵略者的残暴与血腥
而先烈们的子孙，会在你的每一滴水珠里清醒

你岸边日益长高的楼群，就是先烈们的
后代子孙，不断生长的意志呵

如今，你一江活水荡漾着春风
转瞬间，便成为世人瞩目的一道亮丽的风景

松花江呵，在你风雨兼程的奔跑中
我听到了你的儿女们自强不息、与时俱进的脚步声

10

在你的两岸，我曾见过许多俊男靓女
乘着彩船，去游览自己幸福而快乐的人生

也曾看到许多慈祥的长者，在公园娱乐健身
或垂钓江边，悠然自得地享受和平

这些令人欣慰的康乐祥和的生活场景
常使我浮想联翩，意绪难平

那些在桑拿、歌厅、麻将桌旁的享乐和陶醉
或许也是一种幸福，但幸福得有点令人忧伤

历史往往告诉人们太多的惨痛与不幸
而现实却昭示给我们太多的奢华、幸运和轻狂

11

松花江呵，如今在你的两岸
尽管我会时常看到一些事物的倒影

看到流光溢彩的生活中，金钱和物欲
如何将一些人的灵魂严重扭曲变形

但这些，只是你的主流上的旁岔支流
因为，我看到你依然是一腔热血，满腹豪情

你是拨动大众心弦的真正歌手

迟早会唤醒那些迷误的众生

你不断吸纳钟情的众水，愈加大气充盈
定能形成排山倒海，不可抗拒的力量

12

你所滋养哺育的后代子孙
必将继往开来，与你同悲同喜，共辱共荣

你时刻都在激发我细浪翻腾的血液
引领我伴着你时代的节拍奋力前行

今天，你已蜿蜒成我的血液里
一道清醒而又坚固的防线

你两岸密布的村庄和城市
都已沉积成我体内不朽的肝胆

你激越的歌声，正在广袤的东北大地上
在我强壮的体内，一日千里

（原载《松原日报》2015 年 8 月 15 日《文艺副刊》，后由《诗
歌月刊》下半月刊 2015 年 10 月号刊载）

作者简介

江湖，本名张振湖。吉林省长岭县人。中国作家协会会员，中国金融作家协会理事，松原市作家协会副主席。供职于吉林银行松原分行。20世纪80年代开始杂文和诗歌创作，已出版八部个人诗歌专集，两部诗歌选集。作品散见于《诗刊》《诗选刊》《星星》《诗歌月刊》《中国诗歌在线》《草原》《春风文艺》《北斗》《松花江文学》等国内文学期刊。

千年古榆

■ 郭 强

（外五首）

在贫寒的塞北高原
巴音杭盖的戈壁滩
一株卓尔不群的古榆
站成乌拉特独有的风景

悠悠天地间　漫漫岁月里
千道年轮　圆了守望的梦想
万片绿叶　展现不老的雄风
孤独中显露的个性
震撼着过往的生命

所有的履历都已成谜
传承的基因依然未变
枝干虬曲蓄满活力

叶片苍绿迎风舞动

抖落千年的风霜

迎送寒往暑来的世纪

静观斗转星移云舒云卷

笑看风雨无常世态炎凉

古朴淡定的神情

成为 戈壁的灵魂

旅人的向导和路标

秦长城

血肉之躯拧成的长缨

在狼烟烽火的熏烤下

痉挛着断裂 被丢弃在

朔方的崇山峻岭里

曾经的辉煌

随着阿房宫的大火

灰飞烟灭 这条残骸

历经两千年的风雨

在时光的河流中

渐渐下沉

看着隐没荒草的白骨

面对残垣断壁的历史

抓起一把泥土

可以看到范喜良痛苦的面容

捡起一块石头

就能听到孟姜女绝望的哭声

当年亘古的荒原　成为今日

旅游的草原风光

安宁的牧户和成群的牛羊

让阴山显现出祥和的柔情

岁月更替时代变迁

证明了

南北一家的民族和谐

东西一脉的血肉相连

才是真正的长城

奇石林

蓝天　白云　雄鹰

草原　绿地

一幅写意的画卷

展开在乌拉特草原

浑圆敦实的外形　形态各异

粗犷豪放的外表　妙趣横生

站立的兔子　静卧的大象

奔驰的骏马　爬行的海龟

构成艺术的王国

每块石头　都具有独特的神韵

每个镜头　都会有全新的发现

聚会的海陆空家族
用不同的神态
写下意境优美的诗词
从各自的角度
抒发着永世不朽的情感

雄浑突兀的石林
诠释了浑然天成的内涵
惊叹之余
才发现自己的想象力
如此地苍白和匮乏

新忽热古城

残垣断壁的土夯层
清晰可辨　宛如
一叠叠发黄的纸张
一定有白发将军和兵士
写下的戍边与相思之情
有妻子　情人
捎来的断肠春怨词
也有记载改朝换代的档案
我用尽全力
也无法抽出一页

曾经出土的
汉代和西夏陶片
唐朝钱币　元朝箭头

无声地讲述着

从汉代到今天的经历

两千多年的岁月里

大漠草原

见证了古城的兴衰

朵朵白云从头顶飘过

悠悠羌笛声从心中响起

在长烟落日孤城紧闭的想象中

前不见古人 后没有来者

杂草丛生的古城遗址

空旷而荒凉

夕阳把我的影子

拉成一个大大的感叹号

（前四首原载《草原》2014 年第 11 期）

冬夜独坐

独坐季节的深处

听火炉讲述

煤比木材燃烧持久的秘密

在时光隧道中的相逢

找到了彼此的家谱

鉴定出相同的基因

独坐季节的深处

想那条鱼 摆着尾巴

游进石头里的神奇

穿过沧桑的岁月

抵达梦想的彼岸

展示生命的顽强与美丽

独坐季节的深处

回望山重水复的昨天

白了黑黑了白的日子里

擦亮生命的还是善良

种了收收了种的生活中

打动心灵的依然是爱

独坐季节的深处

一种自由自在的享受

当思绪按下云头 归位

那杯茶已凝成琥珀

（原载《绿风》诗刊 2010 年第 6 期）

民乐擦亮我的心

种子的红唇轻启

吹响土生土长的民乐

这条纯净的旋律

让我的浮躁

慢慢沉静下来

民乐擦亮我的心

我擦亮那面祖传的铜镜

质朴而原始的目光

碰出会意的微笑后

一起聆听

二十四首节气之乐

泥土擦亮我的犁铧

我擦亮那只盛水的陶罐

流血流汗后的畅饮　与

空调电扇下的品茗

无法对称

劳动擦亮我的人生

我擦亮儿女的纯真

真实的本色

使那些美容过的气质

虚假无比

（原载《绿风》诗刊 2006 年第 3 期）

‖ 作者简介

　　郭强，山西省神池县人，中国金融作家协会会员，内蒙古作家协会会员。现供职于内蒙古乌拉特中旗农村信用合作联社。诗歌散见于《绿风》《草原》等报刊。有诗入选《2012 中国年度好诗三百首》，出版诗集《擦肩而过的岁月》。

红原，在雪山的呼唤中醒来

■ 钟守芳

（外四首）

站在山坡上，聆听来自雪山的呼唤
红原，在雪山的呼唤中渐渐醒来
每一株小草直起腰身
每一朵野花张开耳朵
慵懒的羊群和牛群被音符击中
也开始躁动起来

来一场旷日持久的狂欢吧！
让阴郁的天空，同时开满
紫色、黄色、白色、红色的小花
蜿蜒的月亮湾
沿着吉他的琴弦流淌

来自雪山的风

携带着细密的雨

先是击打着每一寸肌肤

而后涤清每一缕思绪

曾经的草原隆起成高山

昨夜月亮投下的光影

汇集成清澈的河流……

红原，在雪山的呼唤中已经醒来！

扎尕尔措

世上至清至纯的水

在这一刻

在海拔 4200 米的莲宝叶则

汇聚成一只碧绿的眼眸

让人不敢直视

沿着太阳光芒的顺时针

转经祈福

聆听冰雪一点一点融化的声音

掬一捧神的泪水

洗去一路凡尘旧事

栈道边，不知名的野花

静悄悄地开放

静悄悄地凋谢

群峰之上，白云随风漫游

就像我仿佛不曾来过……

各莫寺

盛大的节日在暴雨来临之前铺开
浓重的乌云却掩不住寺顶金色的佛光

红色小僧袍下滚动的足球
它的快乐与绿茵场上并无二致
小喇嘛咧嘴一笑，黝黑小脸上
一直写着太阳的颜色
但厚重的僧袍使他盘球的步伐
略失轻盈

弥勒佛金身庄严，头顶的光芒
已穿过楼顶直达云端
灵魂匍匐，一道光从头顶照彻全身

酥油灯长明不熄，冥冥之中
从佛的耳边迂回曲折
在迷宫似的归途中
指引我，找到时间的出口

长明不熄的酥油灯，
照亮心中有光的人
照亮，所有人的前世今生……

茶卡盐湖

传说　"天空之镜"是一面
魔镜　能照见最美的自己！

一粒透明的结晶体
折射出心灵的明亮与灰暗

湖水无法言说的痛楚
从脚底　一路漫延直抵心房！

湖水清澈　湖面平静
红色裙裾在白云间舞蹈
彩色丝巾的旖旎融入蓝天

一尘不染的剔透
刻录下每一个过客的身影

盛装的喧嚣
滚滚红尘之中
能否拥有一面永不破碎的明镜？

昌列寺

七月，圣山，一座通天的阶梯
寺顶金光佛辉，梵音幽眇
白塔直立云间，似天鹅翔飞
风吹幡飘，心随幡动
走进寺庙，点一盏酥油灯在掌心
转经筒旋转不停
白云，一匹轻盈的白马
我欲腾空驾驭
草原，遥接蓝天

一群秃鹫，俯冲，盘旋

供养与轮回，生生不息

慈悲洒下的雨滴

幻化成草原上繁星点点的小花

不远处，一头花色奶牛带着牛犊

一边吃草，一边享受生命的欢愉

草原绿色蔓延

我陷没于生命的波涛

手捧黄白紫的野花

一半供放在昌列寺山门台阶

一半编成花冠

戴在女儿头上

（原载《草地》2018 年第 5 期）

作者简介

钟守芳，女，中国金融作家协会会员，中国农业银行作家协会会员。供职于中国农业银行四川广汉市支行。作品散见于《四川文学》《天津诗人》《草堂》、菲律宾《世界日报》等刊物。出版个人诗集《守住秘密的出口》。

天鹰

■ 巩大兵

（外九首）

低飞敛翼
叹息一幕幕不该上演的悲剧

鹰　毅然选择蓝天
选择属于自己的高度

它不再温顺柔弱
用翅膀击碎乌云
唳鸣响遏寒流
当阳光照彻天宇
鹰以哲学般沉稳与写意
在高空散步
畅饮明媚的气息

生命的强者
却回避尘世的搏杀
鹰以蓝天为家
把思索留给大地

启示

蚂蚁的河流，以奔跑的姿势
向前。一匹骏马的嘶鸣
像黑暗中的闪电
点亮远方，羚羊在危岩上
眺望幸福

白云追逐湛蓝的天空，雪花
使劲落下，想覆盖所有的疼痛
一个肩扛使命和梦想
奔走的人，就像有神
在陪他说话、赶路

草原大昭寺

萨满的蹈声遁远
铁蹄的嘶鸣陨落
紫红的旌幡舞动天空
庄重的法轮千年无眠
迎接代代斑驳的灵魂

庙宇辉煌，金身辉煌

佛祖高坐三界，天际深邃沉静
风雨暂居时空之外
枯寂的树木声音颤抖
虚幻的嫩芽冉冉上升

一只听经的麻雀
倏然飞出打盹的瓦当
扑向祈祷蛾虫

甘露寺

爱江山 , 也爱美人
有人为江山
而来 , 抱美人而归
甘露寺
以永恒的表情
静观刀光剑影与传奇

江山依旧
美人和爱美人的人不见踪迹
甘露寺仍高坐天下第一江山
听江涛西来
望朝霞东升

草丛里的秋虫大声喊出——
一声甜 , 一声苦
一声千秋 , 一声血泪

大湖

蓝天跌入无际的湖水
阳光拍打浩渺的碧波
结实的季风涨满灰色的帆影
喘息的犁铧驶遍岸边的土地

那荷花是惊艳的回眸
芦苇是粗壮的呼吸
鱼儿是快乐的羊群
水鸟则是满天星星

随意在湖中撒下一网
便打捞出——
穿越时空的一弦琴音
追赶日月的一匹骏马
光照千古的一柄挂剑
在梦中飘摇的一座城堡

水妖的歌声拐不走想象
海市蜃楼也骗不了野性
渴望如同水草一样茂盛
掠过湖面的目光湿润深邃

一个帝王，从湖边走过
一条小鱼开始夜夜做梦

邂逅一只蚂蚁

浩荡的蓝天，无垠的草原
太阳在炙烤一切生灵

我走在草原，寻找梦中的敕勒歌
无意中踢翻一块小小的石头
踢翻了一个原始宁静的家园

一只蚂蚁惊慌地跑出洞口
不解地看着我，两只须角不停地摆动
似乎在探测我的历史和未来

我双手合十，默默向蚂蚁致歉后
轻轻地把石头放回原处

（前六首原载《翠苑》杂志）

遥望北方

遥望北方
遥望我梦中的尕妹
风吹来的气息
云驮载的问候
多像阿瓦尔的情歌
像春天里的第一场细雨

遥望北方
遥望我心中的朋友
他是一颗坚硬的沙砾
用大碗狂饮北风
用鹰爪撕裂孤寂
洁白的雪一下子落满山河

遥望北方
遥望一片沙海
脆响的驼铃
惊醒一只沉睡的海螺
往事便无可救药，开始涨潮

遥望北方
遥望草原与蓝天的家园
遥望月黑风高的夜晚
遥望苍狼和白鹿的传说
遥望一只藏经洞里
深藏的秘密

丽 江

登高远望或振臂一呼
我也想倾国倾城
丽江的女子灵动似水
洒满雪山和古镇的春季

美和简单有关，清澈的笑

湿透游人的目光

所有的脚步魂不守舍

神秘和遥远有关

东巴鼓点如法老的祝福

水蛇一般迎面游来

猝不及防

便跌倒在自己构思的梦中

静和月光有关

躺进精美的木制小屋

耳朵即长出幽长的茶马古道

那沉重的蹄声如此清晰

竟让我彻夜难眠

沉　睡

外面的雪景多美

你却沉睡不醒。枝上的鸟

不停地议论着什么，竹林

在静静地听

有人走过水岸

回声响彻遥远的《诗经》

沉睡的人啊

上帝的每一句箴言

都能唤醒无数生灵
却唤不醒你的沉睡

雪下进了
梦里。你
还在沉睡

江宁织造府

一把辛酸泪
洗不亮暗淡的天空
满纸荒唐言
说不尽荣辱盛衰

捧一本书
跨进一个朝代的门槛
便龘龖云集，氤氲自华
庭院重重
红男绿女如梦
游进了时间的深处
看廊庑修竹描摹昔日的浮华
听曹府戏院演绎时代风云

一位跛足道人
大声唱着《好了歌》从门前走过
仍旧无人喝彩

- -

　　巩大兵，笔名大斌，江苏金融作家协会副主席，江苏省作家协会会员。供职于江苏泗阳县农村商业银行。曾在《诗刊》《诗选刊》《诗歌月刊》《绿风》《扬子江诗刊》《雨花》等发表诗歌，出版诗集《两个人的圣经》《三弦琴的驿站》。

- -

时光含蓄,与我一道隐于日落

■ 邵满桂

（组诗）

在水慢城打发含蓄的时光

黄色金鸡菊紫色马鞭草粉色格桑花

五色的百日草……含蓄的百花园

我独钟于格桑花,因了一位多情的诗僧

有些花儿已谢,仍挺立含蓄的骨骼

优雅,且执着。有些花儿精心打扮缱绻的

容颜,坚持最后的艳丽,等待我

等待含蓄的我的到来

秋风含蓄,隐藏着含蓄的皓齿

大片芦苇站立,而芦花含蓄,懒得飞翔

湖水浅退,枯荷含蓄,蜻蜓早已不见踪迹

或隐于水。一小簇狗尾草,摇曳婀娜的

身姿，试图为含蓄的秋日鸣不平

在水慢城，我忽然想起薛定谔的猫
而时光含蓄，与我一道隐于日落

在姑苏的清晨与一尾红鱼对话

姑苏醒了，我还睡着
我醒了，丹桂的呼吸钻满房间
伴着鸟鸣
和着丝丝吴侬软语

我得下楼，沿着曲廊找寻
我与姑苏的清晨注定要发生些什么
这是命定，或者叫宿命
我一直都这么想
自从我娶了位姑苏女子

亭前，一泓安静的小潭也已苏醒
一尾红鱼，悠然自得的
没有注意到我
可我得问候她"早上好"

一只红色的灯笼被她咬破
时光，又将它慢慢抹平

赏梅

喜欢姹紫嫣红，或相映成趣
初春的使者。双手合十
比如南京红、南京迟粉、南京复黄香
比如南京贵妃、南京红须。足矣
道不尽的万千宠爱
用暗语与这个世界对话

粉红喻比诱惑，乳白修饰纯真
柠黄仿佛朝气，幽紫透露成熟
专注于一枝傲然挺立的梅
其实，你离春天
仅一步之遥
而这，已然熬过了整个冬季

声色下的热带森林公园

蜿蜒陡峭的山路上
我们的叫声，真切而透明
迷人的风景，不动声色

近海的风穿梭着
或盘桓——不动声色
知名与不知名的
花草树木，一概不动声色
山间的小径、半山腰的茅屋
不动声色，以及谷底的淙淙溪流
远处的云不动声色

林间的鸟不动声色

背后的光阴不动声色
疲惫如我，不动声色

在枣林湾遇见十三座城

巴掌大的枣林湾
风叫得噌噌响
借火红十月，开着盛大的化装舞会
如炬般的目光，随风潜入

那些沉醉的目光遇见十三座城
每一座城，都陷入方言的
妖娆。彰显艰辛、丰腴，或殷实
十三粒璀璨的珍珠，镶嵌于
青山绿水间。宛若十三颗闪耀的
星星，点缀斑斓的秋天

又如十三枚印章，虚实相间
每一枚，都是铁骨勾勒的传奇
从吴越邦邑，到江淮大地
从扬子江畔，到黄海之滨
从婉约的江南丝竹
到磅礴的苏北民谣
从秦淮烟雨，到淮海风云
从物联网，到陇海线
从科教新城，到注满生机的新农村

每一段传奇里，都有伊的影子

那些古韵新象嫁接的种子
幻化为一个个文化符号，绚丽中
俨然十三朵梦之花
——盛开在历史的长河之中
人们对局部的阴影，可以
视而不见，对身上的伤疤也可无睹
甚或，遮掩自己的半边脸庞

而那些奇石、盆景、根艺、装置
尽显巧夺天工之能事
默默诉说着沧桑，沉淀着精魂
低吟的植物，含笑的花草
将生活打扮得花枝招展，蠢蠢欲动
一些噪音，可以忽略，可以屏蔽

曲径通幽处，我发现锦鲤的影子
浮于水面，若隐若现
而一座绿色的拱桥，激发我无限遐思
问与不问，在与不在
明天，又将如何？唯晚风尽吹！

（原载《翠苑》2019年第1期）

▌作者简介

　　邵满桂，笔名空瓶，江苏省作家协会、江苏金融
作家协会、中国诗歌学会会员，供职于中国工商银行
江苏省分行。《江南时报》专栏作家，著有诗集《比
风还轻》《时间的伤口》。

孩子，今天是你的生日

■ 高 寒

（外一首）

孩子，今天是你的生日
妈妈有很多话，要对你讲
二十岁，多美的年纪
妈妈希望你活成一轮
绚丽的朝阳
朝阳充满生机，冉冉升起
蓬勃向上

孩子，二十岁的人生
每一天都是新的
一如朝阳，总是蕴含着
无尽的希望
她调皮而可爱，明媚而温柔
让人心舒畅

孩子，二十几岁的阶段
你将会面临很多重要的选择
考研，工作，恋爱，成家
妈妈希望你的每一步抉择
每一个思维方式
都像朝阳一样
充满着正向的能量

孩子，要成为朝阳
内心就要有温度和力量
人这一生啊，说到底
活的就是能量
困难和挫败有时候
会伪装成夜的样子
想要将你吞噬
孩子，那就睡上一觉
养精蓄锐
朝阳从不会自己放弃
那就没有什么可以真正地
将她阻挡

孩子，就像爱情是自我价值
在另一个人身上的反映一样
当你成为灿烂的朝阳
你吸引来的那个人，他的内心
必是披着万道霞光
你吸引的人生
也必将无比辉煌

孩子，当你四十岁的时候
妈妈希望你活成正午的秋阳
那个时候
你已经是家庭和事业的中坚力量
而秋日正午的太阳
那么温暖开阔
那么稳静善良
她和颜悦色，让人心舒朗

那个时候你的孩子
已经上学了吧
而你一生最重要的意义
是把太阳的美好品质
在他的身上传承，发扬

秋日的阳光不着尘埃地落在地上
落尽所有的凡俗
妈妈能看到你用温暖
将周围的一切，照亮

孩子，在你七十岁的时候
妈妈已在天堂
那又怎么样
爱的血液，依然在你的身上流淌
妈妈希望七十岁的你
活成一轮瑰艳的夕阳

就像灰烬依然可以温暖
就像夕阳依然可以发光

人生的体验
要像太阳的轮回一样

孩子，今天是你的生日
人的一生很短，也很长
无论遭遇什么挫折
都要选择乐观，感恩
善良，向上

孩子，你看太阳成就万物
却从不会邀功和自大
她允许万物如其所是地生长
甚至允许乌云
将自己遮挡
孩子，你可知道
允许就是爱啊
这是你一生要历练的修养

孩子，在你二十岁的今天
记住妈妈的话
做太阳，做太阳
让心性干净而明亮
大爱而坚强
妈妈祝福你无论在哪个年纪
都拥有照亮自己、温暖他人的力量

（原载《金融时报》2018 年 9 月）

也是美丽的遇见（组诗）

（一）

我不认识你
你也是刚刚在大堂的值班行长栏
看到我的信息
你打过来电话
跟我说
等候得很着急

我走出去
为你解决问题
我看到
一个窗口在办对公，另外的窗口
柜员双手如飞
客户已坐在那里

我返身回来
斟一杯水给你
我看到大堂经理
早已为你填好的单子

我于是坐下来
微笑着问你：
办什么业务啊？
为什么要解绑 ETC？

我们从你的工作
聊到各行业的对比

直到叫号机亲切地叫到了你
我把你送到柜台
你说
这次等待
是一次愉快的经历

有时候
意见，也是美丽的遇见
这话，我信！

（二）

我接到你的投诉
把电话打给你
你气哼哼地质问我
你两点多进了银行
为什么柜员还在换饭？
这饭就应该十二点去吃

虽然你给我的是一个投诉
可听起来竟这样的暖心
你不知道上午繁忙的业务
干到两点才终于停息
谢谢你这样为我们着想
我深深地感谢和赞美了你

你提出的其他意见
我都第一时间回馈了改进措施
三遍电话下来

我们已拉近了距离
你说，你正在机场要上飞机
我道平安
你说一起喝茶
回来联系

有时候
意见，也是美丽的遇见
这话，我信！

（三）

你有一单投诉
投诉的是 pos 机商户
不该收取你刷卡的手续费
你要我们对商户制裁
马上撤机

我说，你来
商户收你的手续费
我个人先给你
我们也会立即对商户加强监督管理

你坐在我对面
你说你是位医生
光影下消瘦的面孔
折射出年轻的气息

我说

我们一定会监管商户

但撤机不可以

因为你不知道我们的客户经理

风里雨里

拓展业务有多不易

你比我小很多

我叫你弟弟

半个小时后

你千恩万谢地离开

对我说

以后看病找你

有时候

意见，也是美丽的遇见

这话，我信！

（四）

接到你的投诉时

我正生着病

你说信用卡积分没刷够

扣了年费

5 万的积分要怎么才能补刷齐？

彼时，正在老家养病的我

被带状疱疹折磨得生无可恋

妈妈说，你都这样了

咋还替别人着急

我对你说，别担心
等我病好了
我来帮你消费
你发来了偏方
叮嘱我好好养病
你先自己想办法
去消费买东西

我回到天津时
你找到我，很生气
你说为什么批发服装的商户
竟没有积分

我动用了个人的关系
圆满地解决了你的难题
那一天你带着小礼物过来看我
我也回赠给你一份小礼
当时你看着我
满脸欣喜

有时候
意见，也是美丽的遇见
这话，我信！

（五）

那位信用卡没有获批的大姐
那位不知为何总是心情不平的阿姨

那位害怕任何风险的大爷
那位不为别的就为争口气的大哥

我们都因投诉成了朋友
谢谢你们经常推荐业务给亲戚

这世上没有对错
有的只是一颗颗
希望得到重视、关注和赞美的心

意见，就是美丽的遇见
遇见一个
没有分别与对立的
自己！

（原载《中国金融文学》2017 年第 4 期）

‖ 作者简介

　　高寒，女，中国金融作家协会会员，供职于华夏
银行总行。作品散见于《中国金融文学》《中国金融
文化》《金融文坛》《洛阳诗词》等报刊，并多次获奖。

相约建行

■ 张国庆

（外二首）

我从群星闪烁的帕米尔高原走来，
我从黄海湿地之都盐城走来。
带着神奇的传说，
带着水绿的情怀。
唐古拉山是我坚实的臂膀，
沧海桑田的黄海是我宽广的胸怀。
布达拉宫回荡天国的梵音，
神鹿仙鹤的故里有我追逐的云彩。
我们朝着梦寐以求的地方，
朝着你，走来……

我从浩浩荡荡的黄河走来，
我从奔腾不息的长江走来。
浊流婉转结成九曲连环，

惊涛巨浪涤荡千年尘埃。
黄土高坡装满厚重朴实的故事，
滚滚江水抒发浪花淘尽的风采。
我们朝着阳光明媚的地方，
朝着你，走来……

我从蜿蜒曲折的山海关走来，
我从革命圣地延安走来。
长城是我扬起的手臂，
宝塔山是我站稳的脚跟。
八达岭古道是我舞动的丝带，
爱国青年从四面八方来膜拜。
我们朝着灯火阑珊的地方，
朝着你，走来……

我从雄伟秀美的五指山走来，
我从峻峭挺拔的太行山走来。
带着天涯海角的思念，
带着山路弯弯的缠绵。
飘飘的云朵是绵延的思绪，
如火的夕阳是血染的风采。
我们朝着这片芳草地，
朝着你，走来……

我从美丽的西双版纳走来，
我从举世闻名的茅台之乡走来。
春城无处不飞花，
国酒醇香醉满怀。
遵义会议力挽中华乾坤，

黄果树瀑布聚集亿万儿女的挚爱。
我们朝着崭新的明天，
朝着你，走来……

我从革命老区山西走来，
我从经济特区深圳走来。
五台山的苍松见证星星之火，
小渔村的巨变指引华夏走向未来。
我们唱着东方红当家做主站起来，
我们讲着春天的故事改革开放富起来。
我们朝着新时代的曙光，
朝着你，走来……

我从玲珑秀美的西湖走来，
我从人间天堂苏州走来。
唱着轻柔婉转的采莲曲，
登上风华绝代的虎丘塔。
甜甜荷叶是我舒展的心事，
江枫渔火是我纤细的心脉。
我们朝着一泓湛蓝的湖水，
朝着你，走来……

我从名甲天下的桂林山水走来，
我从海上花园鼓浪屿走来。
带着水清山秀的多彩，
带着苍鹰翱翔的雄姿。
山水间蕴藏祖国的壮美，
浪花里飞舞浓浓的期待。
我们朝着一幅美丽的画卷，

朝着你，走来……

我走来，
用早春第一朵花开为你放歌。
我走来，
用仲夏第一缕清风伴你欢快。
我走来，
用晚秋第一枝红叶为你梳妆。
我走来，
用隆冬第一道夕阳为你添彩。
我们朝着满天星辉，
朝着你，走来……

相逢是一杯最醇的酒，
缘分是一首最美的歌。
我走来，为了你我的约定，
我走来，为了鲜花的盛开。

我们从四面八方走来，
我们从五湖四海走来。
胸怀宏伟愿景，肩负光荣使命。
昂首走进新时代，心手相牵向未来。
诚实 公正 稳健 创造
朝着最具价值创造力的国际一流银行，
朝着你，走来……

一辈子一天半

金秋，融汇，作者，家园

金融作家，论坛银泉

哦，一辈子神往的地方

你用文字、情怀、美学

考问我求知的梦想，我如约而至

像一个回家的婴儿、养子

贪婪地吮吸你甘甜的乳浆

听你讲创作情怀、中华美学、文学转型

从笔头到心头，从笔管到血管

纵情地蹚过你的史脉、心脉、文脉和人脉

你的纵深、宽广如你的胸怀一样

激活我每一根听觉、视觉、幻觉神经

我渴望用一天半集成你一辈子的珍藏

高尚的思想，纯真的情怀，悲悯的光芒

用耳朵聆听你永恒的歌唱

用嘴巴诵读你强大的磁场

用笔尖触摸你内心的善良

用脚步丈量你一辈子荣光

我虔诚地亲吻大地撑起你的脊梁

金融作协，大师之谓

智慧奔腾，情怀激荡

你用一辈子哺育我一天半

我用一天半徜徉你一辈子

你启迪人道、人情、人性

哲学、哲思、哲理在我血管里涓涓流淌

擦肩而过的篇章像初恋一般狂热

如宗教一样信仰

似一缕阳光温暖我的心房

坚持"两条腿走路"

处理好"三个关系"

心中涵养"四种情怀"

用一双黑色的眼睛寻找光明

记载与讴歌祖国金融事业的壮丽与辉煌

（前二首原载《中国金融文学》2017年第4期）

梦回婺源

多少回，我想和你一起去婺源

我们去看溪山和清泉

听风吹红豆杉林的声音

听小河流水涓涓

如果是春天

我们去拥抱油菜花田

相逢一场蝶恋

彼此对望花一样的脸

如果是夏天，

我们去卧龙谷溪水纳凉

光着脚丫踩着冰凉的青石板

在幽静的古村古巷牵手缠绵

如果是秋天，

我们去采撷一片定情的红叶

看火红的枫树、金黄的银杏漫山遍野

尽享云袖舒卷，袅袅炊烟

如果是冬天
我们将在这候鸟栖息的天堂
一起看徽剧、傩舞、抬阁和茶道
欢快的足迹踏遍思溪、李坑、晓起和庆源

不用说太多，你懂的
因为我早就明白
每当听到动情的故事和传说
一定有泪痕划过你的眼睑

多少回，我想和你一起去婺源
我会搀着你的手
在彩虹桥下流连
在鸳鸯湖心默默许愿

在渐渐老去的时光
你在河边哼着小曲浣洗
我在岸边用瓦片打着圈圈
看，幸福的年轮在缓缓向前

（原载《中国金融文学》2015年第1期）

‖ 作者简介

张国庆，笔名土生，江苏射阳人，中国金融作家协会理事，江苏省金融作家协会理事，中华诗词学会会员，中国小诗协会会员。现供职于中国建设银行盐城分行。在国家及省市报刊发表诗歌、散文、小说等多种文学作品。

中秋辞

■ 李晓涛

（组诗）

月神

有谁的一生没有思念过？
——天上必有一位月神
月神凝眸，人世那么恬静

伊是神灵，当不苟言笑
浓眉重瞳，发髻迷人
银饰锃亮，丰润清朗
该裸露的全部裸露
赤足蔻甲，闪闪发光
只是，我不能确定
月神应为男性，或者女子？

被月神注视的山川

处处都脉脉含情

怜悯

今日是怜悯之日
一生应当流过思念之泪
好使秋雨中心头有灯
即使万事万物都引发痛心
却也似在给我安慰
我怜悯
怜那太阳孤独没有爱人
草木不会以乳汁哺育
狼族夜半聚拢奔袭，不曾娓娓讲述
鱼群不会送葬至亲，挥泪作别
并且把他们的灵魂
21 克质量的凝重（据说人的灵魂约为 21 克重），敬
献在月亮之上
这是月亮距离人世最近的时光
也是令生死最接近的月光

海的思念

人活着是人生
大河生生不息
人死了是逝者
流水逝者如斯
但是
每一滴最小的水珠心里都有个月亮

他们是在思念大海吧

我不是鱼，——你看

潮汐夜夜都在忘我地奔涌呢

最安心的路

我们村有一条路

沿路排列着百十座坟墓

夜里，小小的丘陵连绵起伏

黑黢黢的。像许多人走累了

放下担子，坐在路边歇息

风比别处稍冷，却也更清爽柔和

偶有飞虫掠过

每次从这条路上经过

都极为安心温暖。祖辈们会近前来

仔细地看着我

每逢我难过、沮丧时

真想睡在这条路上

睡在白莲花的最深处

白莲花

当我觉得思念像一朵白莲花

花儿已经千放万放

漫天皆白

我要盯着，看中秋时分

她们如何虚化，散满了夜空

落在李白的窗前

暗香动人

（原载《中国金融文学》2016 年第 4 期）

‖ **作者简介**

　　李晓涛，女，中国金融作家协会会员，山西省作家协会会员。供职于中国人民银行山西曲沃县支行。

三代农金人

■ 查贵琴

（组诗）

（一）

外公拨弄着祖传的木算盘，教舅舅处理农信社账务。

"排忧解难是责任，服务农村是义务。"外公声音洪亮有力。

母亲在庭院里晾晒被子，10 岁的我瞅空在被子上打个滚。

时间走过，我们都被裹在柔软的阳光里行走。

每一步的路程都是那么有力，那么张扬。

许许多多光亮风采的炽烈和刚毅，在风雪霜雨中，来来去去。

卧在深秋的草垛，像一堆准备泅渡的金子。

它身上驮着阳光，驮着飞翔的梦。

在辽阔的土地上，种下了高贵的梦想。

（二）

"给乡村送去温暖，给风雨中的乡亲递上一把雨伞，给生活绘画出一轮朝阳。"

三代农金人，使命召唤，我如愿成为农金的一员。

外公在一张笨重的木算盘上，噼里啪啦地弹来弹去示范。

20岁的我刚刚学会，急着让手中算珠拨着比外公还灵活。

生命就是一种循环的过程，从青绿到金黄再到青绿、金黄。

工作之余看书，或者登高，如眼前的独秀山。

一个时代一本书，仰望一座山，亦如仰望一个人。

主任、行长，外公、舅舅都在农金有一个不平凡的名字。

在这片热土上，永远都是向上的主题。

（三）

搭建银企合作的桥梁，创建和谐家园的蓝图，服务"三农"宗旨未休。

大棚里鲜果飘香，网箱里鱼闪鳞光。竹林里鸡鸭成群，厂房里机器欢唱。

进村的山路，胶鞋上的泥泞，外公、舅舅成了我事业的楷模。

春风洗尽铅华，照亮芳华，新农村，新故事，新日子……

与花朵一样的二维码，解密了一座崛起的新农金。

雪中送炭，为创业者添加嘹亮铿锵的音符。

锦上添花，希望的田野流淌着致富的欢歌。

为不变的乡音和乡愁，建立一处永恒的家园。

照亮前行的脚步，为祖国的富饶壮丽添上农金的色彩。

（四）

风雨征程中外公老了，舅舅也成了老主任、老行长。

望春花在阳光下绽放，一群喜鹊鸣叫着飞过。

农金助力蓝莓枝头俏，春风催开千顷万顷大地的梦想。

时光深处，薄雾中的墨客、诗人，带着七分自豪三分炫耀。

此刻，所有的鸟群、云彩和飓风，都按计划让开。

四十年征程，打捞生命中一个又一个饱满的日子。

创建"三好银行"，拨开农金前进的迷雾。

"合规文化"建设如梭，编织农金锦绣的画卷。

深秋的晨风中，迈步走进农商银行的大门，平凡的岗位。

见证农金人的敬业与坚强，迎来农金事业蒸蒸日上的曙光。

（原载《安徽日报·农村版》2018 年 12 月 7 日）

‖ 作者简介

　　查贵琴，笔名心赏，安徽怀宁人，中国金融作家协会会员，供职于安徽怀宁农村商业银行。2002 年开始发表文学作品，2018 年由合肥工业大学出版社出版散文集《水洗皮肤文洗心》，多次在各类征文活动中获奖。

走近恩施

■ 解志忠

（组诗）

恩施印象

一踏上恩施的地界
高铁也放缓了前行的脚步
在黑与白交错的光影里
我无法破译你的神秘

我只知道
连绵的群山是你的尊严
蜿蜒的公路是你的情怀
就连细密的雨丝
也是你热情待客的标签

我只知道
是巴人砍出了大峡谷的雄伟

是幺妹唱出了清江水的清澈
就连土司城的王道
也是一把把刀剑打磨出来的

拾阶而上的
除了一颗感恩的心
还有一腔虔诚的诗意
我想站得更高
阅读你的前世今生

望城印象

与诗歌、小说、散文、剧本同来的
还有一群热爱速读的老者
他们将白发染上风霜
将皱纹填满故事
即使是一张弓起的背影
也能将远山拉得更近
夕阳拉得更长

他们用琴棋书画
将望城的夜空点亮
用轻歌曼舞
将望城的山色飘红

我不知道他们的姓名
也不知道他们来自何方
但熟悉的微笑和不屈的脚步

就像我的父亲和母亲
温和而善良

土司城印象

我不是土司
我注定掌管不了这片神奇的土地

神像面前我很矮小
吊脚楼的绣球也不属于我

面对厚重的土墙与城池
我只是匆匆的一个过客
给中年的妻子抬一下花轿
给情哥幺妹的歌声点个赞
或探询一下酸辣小吃的价格
然后再摆好一个最酷的姿势
给自己留下一张美好的回忆

烟雨霏霏的时候
我就在城下幻想阳光
生怕潮湿的空气一旦弥漫
我的心房会长出厚厚的青苔

女儿城印象

沿街的商铺很热闹
各种风味小吃也吸引着我的眼球

小桥流水与转动的风车
将现代与古老有机对接

在音乐声中流连
在大鼓与吊脚楼前留影
在没有幺妹的大街上
我努力保持着一份清醒

面对这座新兴的城市
面对人来人往的旅客
我只能从内心祈福
远嫁他乡的女儿们
能够常回家看看

伍家台茶园印象

不收门票的伍家台人是睿智的
茶园的秋色很茂盛
空气中有水滴的声响
一声娇嗔的微笑也能掐出汁来

四周没有听到一句吆喝声
农家乐的大门是敞亮的
有机茶伴着一缕炊烟
就能泡出一大杯甜蜜的日子

在旷野里奔跑或者伫立
你就是茶园的一株风景

随风摆动的丝巾伴着原生态的微笑

你不是天仙，却赛过天仙

（原载《中国金融文学》2018 年第 1 期）

‖ 作者简介

解志忠，笔名城市山林，中国金融作家协会会员，中国诗歌学会会员，江苏省金融作家协会会员，《中华文学》签约作家，中国小诗协会副主席兼秘书长。现供职于中国农业银行镇江市分行。著有诗集《不期而至的温柔》，诗合集《华夏微型诗家》《万物生长》。获 2014 年镇江市首届职工诗词大赛二等奖，微型组诗《古韵江南》获第二届中国金融文学大赛诗歌类三等奖，诗集《不期而至的温柔》获第三届中国金融文学奖诗歌提名奖。

触摸延安

■ 翼　鹏

（组诗）

登宝塔山

知我要来，天气十分配合
让那天的蓝，比历史更蓝
白云是隐约的记忆
看过去，不像有七十年
那么遥远

我的身份不详
像诗人，更像是饥饿的乞丐
缺钙的双腿，总也抬不高
总想在攀登的途中
跪下来

鸟儿不停地向我解说

有关这座宝塔的秘密
讲它如何身经百战
不曾泯灭。又如何被一个诗人
搂在怀中，恋恋不舍

登山远眺，心净如洗
总觉得，这宝塔过于仁慈
不该把这么蓝的天空
赐予一个，掀不起半点波澜的
三流诗人

延河听水

站在延河畔，闭目聆听
尚有清风传来
马蹄、欢笑与歌声
那些刻在延安心窝子里的岁月
并未随流水远逝

从黄土深处流来的水
从雪山那边漂来的水
从全国各地涌来的水
曾经，汇聚在这里
升腾为满天云霞

那个手持香烟
常在河边行走的人
他低下去的身子

成为革命的洼地
成为胡宗南无可奈何的泥潭

一些水，还在不停地涌来
想要成为延河的一部分
想要扑进延河的波涛
做一次精神的远游
尽管延河已不再清澈、浩大

走在延安的大街上

走在延安的大街上
我小心翼翼
不敢横冲直撞
甚至不敢
有抽一口烟的念头

我仔细辨认
迎面走来的每一个人
想要知道，谁是游客
谁又是土生土长的
延安人

我想知道
真正的延安人到底是什么样子
心中的沟壑，历史的沧桑
是不是一眼就能
从他们的脸上看出来

不敢横冲直撞

是因为这里的每一条街巷

都有资格骂我，教训我

这是解放区的天，它纯净的空气

容不得一丝烟尘污染

边区银行

一直以为

延安只有领袖的窑洞

七大会址，小米加步枪

诸如此类。以为这些

才是构成延安精神的要件

从未将算盘和钞票

与一场战争的胜负联系在一起

也未曾从经济和金融的角度

解读延安

艰难的过往，困苦的岁月

在背离延河

一个不起眼的山旮旯里

一座看上去还算气派的大楼

没有倒在国民党的炮火中

实属万幸

金库还在，账簿还在

氤氲在窑洞里的革命气息也还在

站在边区银行的大门前

犹如离家的游子回到故园

我的胸中涌起一股自豪的暖流

红色枣园

依稀可以看见

像红枣一样熹微的曙光

即将吃到胜利的果实

但天空还不够明朗

军用地图不得束之高阁

这里

远比杨家岭开阔

可以栽一些枣树

还可以开挖一条

贯通人心的水渠

一些比红枣还细微的故事

散落在枣园的各个角落

等待一年一度的秋天

南来北往的鸽子

前来捡拾，或收藏

在延安

枣园不单单是一个园子

更是一个红色政权的果圃

它带给我们的福祉

足以荫及千秋，惠泽万代

（原载《中国金融文学》2015 年第 4 期）

‖ **作者简介**

　　翼鹏，本名陈益鹏，中国金融作家协会会员，陕西省作家协会会员，陕西金融作家协会副主席。供职于中国长城资产陕西省分公司。

父亲迎着一场山洪

■ 刘玥含

（外四首）

窗外一场大雨
心中一场大雨
内外不知谁比谁更大

父亲，佝偻着身体
独自走在
陡峭的山路上

迎面是一场山洪
把父亲从深秋卷入寒冬
我的疼痛夹在实情与谎言之间

我撑伞踽踽前行
窗外的雨终会停歇

心里的雨，我怕一不小心
就湿透了余生

（原载《诗选刊》2016 年第 9 期）

2017 的第一场雪

你带着欣喜
带着意外
带着浪漫
从天而降

雨水过后三天
你为人间带来一份最唯美的礼物
当洁白的六角玫瑰在天地间飘扬
舞姿有多疯狂
欢喜就多疯狂

或许对于你的来与不来
曾有许多人心存疑虑
或许你都来了
还有许多人对该不该这时来
存在争议

可是你来了
果断、任性地来了
落落大方地来了
像模像样地来了

在春天的天空完成了一次华丽的欢舞

是啊，谁规定你只能在冬天飞舞
你不想循规蹈矩
你不想随波逐流
你不想人云亦云
当你自由地飘洒在春天的天空
谁可以否认你的美

为了赶在百花盛开之前灿烂地绽放
或许你已经修炼了整整一个冬天
又或许你是因为深爱着春天
才冲破季节的束缚来奔赴一场
红尘之恋

尽管我不知道
哪一片海
哪一条河
哪一汪湖
哪一滴水是你的前缘

但是你来了
让这寂寞的天空增添了几许生动
让这真实的大地披上几多梦幻
让这个苏醒的春天充满了欢愉
让这个贫瘠的还没走远的冬天少了几许遗憾

春雪留不住
或许你只会停留短暂的一日，或几日

可是又有什么关系
百花皆有期

只要这人间
你来过了，美过了，爱过了
即使只是亿万光年的那一瞬
又怎会留下遗憾

腊梅

第一次爱你，是二十年前的杭州
你的出现让千年的蜜蜡失色
从此天堂更像天堂
人间恍若梦境

暗香是久别后的重逢
江南因你而醉
江北也是
仿佛你的降临
就是为了让冬春醉卧一次红尘

不敢用人间任何一个词形容你
我怕我说出那个词
你就化作蓝天下的仙子
我怕我写出那个词
你就随月光翩翩飞离

我知道四季里有许多时光

是没有你的
当你不在的时候
爱就是深埋进地窖的陈酿

每年，在春天到来之前
都会再一次启封
不管这暗香是更旧或者更新
都会让我的醉
再一次迷醉
让你的城
再一次倾城

立春

我不停地在窗前徘徊
今日立春，就在今日
祖先把春天种进了泥土
用不了多久，人间就会疯长出一个
崭新的春天

该开的花，都会次第再开一遍
二月的迎春
三月的桃花
四月的梨花
一年比一年新

玉兰仿佛被一个名诗人
拿去，开成了辉煌的诗

三月从此就空了一半

远山纷纷退去
天在比天
更遥远的地方
站在窗前，旧事都旧了

今日，我想种的蓝色不在，白色
也不在
我两手空空
索性就把自己种进泥土
不管长出的是麦子，野草，还是
神鸟的翅膀
至少我要好好爱一次
这个刚刚醒来的春天

再写春天

春天依旧新得像个新生儿
尽管我不止十次写到她
从《立春》写到《春之约》
从《春天的新娘》写到《拥抱一场春的盛宴》
可她的每一瓣花每一片叶子
却是越写越新
仿佛我从来都没写过

再写春天
春天依旧是个淘气的小姑娘

总是和我捉迷藏

我不止一次去寻她

她却躲得深深的

趁我早出晚归一不留意

她就蹑手蹑脚把迎春花开了

把柳树的枝条绿了

一点声音也没听到

可别小看了这小姑娘

她可是个技艺高超的天才魔术师

一边在风凉处和你玩着石头、剪

子、布的小游戏

一边跑到向阳处

把各式花色的扑克牌撒了一地

当你迷恋其中时

她却不知不觉把你请上画板，成了她

一处风景

（后四首原载《中国金融文学》2017 年第 3 期）

‖ 作者简介

刘玥含，女，中国金融作家协会会员，供职于中国建设银行河北省分行。在《诗选刊》《中国金融文学》等刊物发表有诗歌作品，出版诗集《行走的桃花》。

阳春

■ 杨仲原

（外一首）

牛要耕种，猪要觅食，鸡、鸭之类忙于奔波
寨里的老人早已习惯
话一半留在地底，一半写在胡须
遇到事的时候将一捋便顺了

缄默

　一般，寨子的声音挂在一棵树上
春寒过后，一些溜进种子里、花苞里
一些躲在泥土里

对话一般在弄堂里进行，说完风就吹散了
地下的人不提，老人也不提

哪怕老杨家的新媳妇一早在田埂破口大骂

"哪个的牛吃了我的秧啊！

眼睛长屁股上去嘎！剁脑壳死的……"

再毒也没人听，听到了也不会说什么

满寨的人都在等待

（原载《诗选刊》2016 年第 5 期）

‖ **作者简介**

- -

　　杨仲原，苗族，湖南会同人，湖南省作家协会会员。供职于怀化农村商业银行。作品散见于《诗选刊》《星星》等省市级报刊。

- -

敦煌

■ 陈锦隆

（组诗）

飞天

很多时候

我深入苍茫的戈壁

灵魂　一次次被花朵敲响

梦和天空一样迷乱

斑斓的色泽　生命的语言

人类在生与死的边缘

歌颂了千年

仰望苍穹

永恒的弦乐和飘舞的衣裙

一次次轻抚我苍白的头颅

熄灭的光芒

一条内陆河

无声地注入我枯荒的心灵

捧一双鲜血洗净的手

花朵在掌心盛开

笛声 这停止血液流淌的声音

在我的身旁

和马匹 长城 芨芨草一样真实 亲切

依着一块断裂的碑

风 静静地

使我听到许多生长的声音

血淋淋地

敲击脚下的土地

敲击我伤心的眼泪

敲击我怀抱中的婴儿

满天的缨穗花

这家园田野上盛开的花朵

风车转动着明媚的阳光

我的爱人

站在清清的河边

裙裾随波而舞

在流火的西天

带走我唯一的马鞭

和白杨林一样呼啸的颂歌

月牙泉

远去的情人

你为什么只留下一弯浓眉

就飘飞而去

让一个残缺了千年的梦
美丽整个世界

在疯狂和野性的对峙中
你如一位弱小的女子
风的声音
总是在血腥的刀刃上舞蹈
你的坚贞和美丽
一次次把罪恶之手软化
在你永不干枯的纯情中
荒芜　被你从岁月的墙上涂掉
亿万年　生命之光
穿过戈壁　大漠　驼铃……
依然在你的眉间
阳光一样灿烂　辉煌

远去的情人
你竟这般迷人
只留下一弯浓眉
让一个残缺了千年的梦
美丽整个世界

莫高窟

这个荒野
那儿有一把柴火
把一腔的寂寞　焚烧
远去的风尘

在每一块岩壁
以血和石头研磨的颜料
疯狂地涂抹 涂抹

侧着风我听到
远处坟茔中传来的歌声
敲打阳光的每一种色泽
和我的每一块骨头
太阳落山的时候
我从梦中醒来
许多枯死的语言
如一汪清波溢荡的明眸
莹莹昭示我失去的魂灵

面对一座山
这 生命的净土
梦的花朵
在黑暗中 鲜艳地
盛开了千年

（2011 年获中国金融文学奖诗歌三等奖）

作者简介

　　陈锦隆，中国金融作家协会、甘肃省作家协会会员，甘肃省杂文学会理事。供职于中国农业银行甘肃省分行。

渐远的背影

■ 陈万青

（组诗）

品读苏轼

身居斗室
神游东坡赤壁

江山如画里
梅直讲不在
向谁再叙
周公不遇

倾慕公瑾当年
其时心在嗟叹
天地之大
孙仲谋处难觅

驾扁舟一叶
凌万顷迷离
真仿佛遗世独立

遗世独立
遗世独立
四周多么孤寂
有白衣黑裳的仙鹤飞来
戛然长鸣着飞去

哦，苏子
你华发早生
是否只因人生如梦

手把两杯酒
一杯酹江月
一杯酹自己

阮籍独驾

你的马车
在荒原
率意地悠然着
悠然够了
就回来
回来时
你泪流满脸

你当不了驭手了

汉高祖却当了（汉高祖斩了横在路上的白蛇）

你说当了驭手的汉高祖

算不上英雄

那么你算吗

别人不知道

别人只知道

你不爱晋代的衣冠

别人只知道

你喜欢酒和女人

喜欢醉卧在

当垆沽酒的女人身边

醒来时

就坐上马车

在荒野

率意悠然

睁大你独具的两双眼睛

一双黑眼睛

一双白眼睛

往四方上下观看

偶尔长啸一声

不发一言

嵇康临刑

回望

太阳下的日影
平静地
把琴弦抚弄
一曲《广陵散》
声声

华阳亭里
那位来去无踪的古人
你为何只留下声调
却不留下姓名

哦　古人本来无踪影
呼也不应
唤也不灵
神交千载
得到的不过是
一川幻梦

《广陵散》
声声

而你应声倒下的躯体
是否很像
你神交已久的大鹏

呵　大鹏未举
不只因为无风
还有天空

你的天空布满着
别人的心情

刘伶醉酒

天地太小
容不下
我狂舞的灵魂

酒啊
你这生命的圣水
快来滋润
我干裂的嘴唇

再让鹿车载酒而来
我要饮出
我醉里的乾坤

痛饮三千杯
我心逐云飞

霸王豪迈

太史公导演一部史剧
引来无数英雄登场
他们竭尽自己的艺术天赋
把历史表演得绘声绘色

其中最感人的一幕

当推歌唱家项羽

一首别姬歌千年不歇

感动得多愁善感的宋代女词人

也聊发生当作人杰

死亦为鬼雄的男人气概

楚汉相争

唯有霸王八面威风

他怎么想就怎么干

把生命挥洒得淋漓尽致

无论生前死后

都是一头猛狮

让人不寒而栗

（原载《中国诗人》2014 年第 1 期）

作者简介

陈万青，笔名青芜，先后进修于辽宁文学院、鲁迅文学院，辽宁省作家协会会员。供职于中国工商银行辽宁阜新分行。作品散见于《星星》《诗潮》《中国诗人》《天津诗人》《辽西风》等诗刊。

空镜

■ 周国平

（外二首）

打开明镜的魔盒
我幻变成两个人
一个真实的我
一个虚构的我

对视　时空与心空交融
真实的我找寻虚构的灵光乍现
虚构的我审视真实的灵性回眸
没有回避的理由
内心的拷问步步紧逼

由近而远的省察
由远及近的复归
二条实线与虚线的交错

阳光下的投影拉长又放大
真实的个体单薄而渺小

虚构的影子缺失灵魂
真实的另一个突显人性灵气

收藏起空镜
轻拢内在的实与外在的虚
合二为一
一切归于本真

让孤独沉淀诗性的美丽

夜晚已沉沉睡去
一星灯火弥照斗室
心灵的光芒随着书卷陡然丰盈
思想的印记节节攀升
以一种信念让沉默变得富有灵性
外表的恬静怡然看似无语
内在的意韵盛开诗性的美丽
一个人的孤独沉淀精华

雪的飞花

追逐时光的步履
轻曼的舞姿悠扬
仿佛飘落人间的天使

片片洁白　洁白朵朵

羽化成庇佑冬日的靓色

一股暖流洋溢心底的憧憬

在你柔美的身后

我聆听报春鸟的鸣啭

雪景后续的故事

酝酿一场盛大的花期

——飞花的芬芳

（原载《中国金融文学》2017 年第 3 期）

▎作者简介

　　周国平，中国金融作家协会会员，江苏金融作家协会会员。供职于江苏江阴农村商业银行璜土支行，曾在《金融时报》《中国金融文学》《中国金融文化》等报刊发表作品。诗歌被收录进《中国最美爱情诗选》《诗中国杂志》。出版文集《人生随想》一部。

饺　子

■ 唐常春

（外二首）

五花肉，剁成肉泥
加蘑菇，调馅料
然后，擀皮包馅

锅水煮沸后，放少许盐，倒饺子
大约一分钟，便可捞出

女儿蘸酱料，说：
"还是外婆做的饺子好吃"
这时，我娘在神龛上豁嘴笑

（原载《诗刊》2016 年第 6 期）

秋风贴

去年，她在医院把夏天躺成秋天
针眼如秋天的心，每针都是一粒寒霜
他衣不解带，喂她，帮她洗漱、洁身
他因此成了豆棚的竹竿
而她却成了南极的企鹅
他说他是一只风筝，宜轻
而她是系着风筝的那根线

今年，她在医院把夏天炼成秋天
针灸艾薰拔罐腰背肌训练
在康复的路上
任凭泪水踉跄

而今，她想赶在秋风之前
去看玉米、黄苞、稻谷入仓
去闻菊花野、金桂香
还有他在屋门口向来处张望

（原载《天津诗人》2017 冬之卷）

荷包蛋葱花面

早上切葱
不小心
左手拇指被刀切了一下
殷红的血往外流

一滴

二滴

……

钻心地痛

爱人给我包扎好伤口

然后去了厨房

不一会

一碗荷包蛋葱花面

端到了桌上

我的手

似乎不那么痛了

像面条

躺在汤里

（原载《天津诗人》2018 秋之卷）

‖ 作者简介

唐常春，女，中国金融作家协会会员、湖南省诗歌学会会员，供职于中国工商银行湖南东安支行。作品散见于《诗刊》《诗选刊》《中国金融文学》等报刊。

咱们办公室

■ 劳弘毅

（组诗）

古秘书

古秘书有些消瘦

大而圆的眼镜

在上半脸接近百分之百的占比

半圆形的额头上

稀疏头发显示出

凌乱的阿拉伯数字

每天　挤挨着的文件

在电脑里恭候

古秘书擦亮百分之百的眼镜

百分之百地关照它们

把它们介绍给领导

又引领到各部室做好交接

古秘书经常梦见一份份文件

雪片般飞来

大如席啊　把他覆盖

古秘书材料不断

额头上凌乱的阿拉伯数字

争先恐后跳到键盘上

它们的小名是

百分点　占比　存量　增幅等等

它们的大名是

总结　报告　请示　公函云云

古秘书爱护它们呢

分门别类建立文档

一点击搜索　哗啦啦

全涌现在他的面前

不管大会小会

古秘书心领神会

主席　列席　发言席

古秘书迅速让台签各就各位

古秘书坐在没有台签的座位上

认真捕捉讲话的声音

梳理凌乱的阿拉伯数字

安顿那些调皮的词语

古秘书的笔记本

把大大的书柜塞满

古秘书也经常应酬

他的杯子已经端了二十年

古秘书一般敬酒先干

一肚子酸甜苦辣

但古秘书笑逐颜开

他说　甜着呢

这酒其实不苦

档案员韦姐

寻常房间　几排铁柜

犹如队列

每天　它们都在接受

一个头发花白女人的检阅

档案员韦姐　她目光慈爱

细细擦净铁柜

仿佛给孩子们洗脸

二十几年　她百洗不厌

铁柜里　案卷罗列

几十年的行史被她分类

短期　长期　永久

每一册浓缩一段岁月

调拨押运　资金投放

艰苦清收　年终决算

还有营业所里的风风雨雨

还有催人奋进的进度通报

档案员韦姐

她把日子装订成册

打码编号　立卷归档
日复一日
她把皱纹打上额头
她把深深的爱打在心里

档案室　小小天地
她有朝夕相处的伙伴
她让散漫的石灰粉严防潮湿
她叫圆圆的除虫剂守住纸张
温湿度记录仪
随时向她汇报人间的冷暖
还有空调　遮光布
她每天和它们喃喃私语
她和它们是小小天地的主人

档案员韦姐
全宗介绍她如数家珍
她掌握大事记　而一辈子
她与大事无关
组织机构沿革没有她的足迹
但那一排排案卷对她熟悉
它们早已串通
试图在某个空白
郑重地打上她的名字

工会干事刘哥

工会干事刘哥　不算很老

小眼黑须　秃顶微胖

离退休干部叫他刘哥

同事屁大的孩子叫他刘哥

行领导向他交代工作

一张嘴就是刘哥

同事总是看见刘哥

上下楼梯　风风火火

同事老是看到刘哥

办公室里坐满来人

他有时满楼道絮絮叨叨

他有时伏在办公桌上

鼾声如雷

刘哥三天两头

捧束鲜花　提个果篮

往医院病房慰问

刘哥经常一身黑装

一脸凝重到各地吊唁

大年初一　他曾一路奔波

赶到百里之遥的外地上香

那家八十老母

抱住他　泪汪汪地

叫他刘哥

哪家夫妻经常冷战　刘哥掌握

哪处邻里燃起战火　刘哥斡旋

刘哥记事本密密麻麻

被骂多次　差点被打若干

被狗咬伤一次

还有一次

家门莫名被人砸烂

有必要特别交代

刘哥年过半百 党龄二十

最高学历中专

最高级别副股

两次省劳模 九次市劳模

婚姻美满

无外遇

（原载《中国金融文学》2015 年第 3 期）

‖ 作者简介

劳弘毅，广西凌云县人，中国金融作家协会会员，广西作家协会会员，广西金融作家协会副主席，百色市作家协会副主席。供职于中国农业银行广西百色分行。著有诗文集《伏流河》、诗集《北窗短笛》等。诗集《北窗短笛》获第三届中国金融文学奖。

我的孩子，你可知道

■ 冉晓玲

（组诗）

一

孩子，在你幼小时

我是你纯净温婉的母亲

碧绿飘逸的水草

是我妩媚的发丝

曾拂挠你顽皮的小腿

穿梭嬉闹的鱼虾

灵动我清澈的眼眸

曾撩拨你儿时纯真的欣喜

岸边的花草垂柳

是我娇羞的妆容

曾纵容你少年青涩的笑靥

你流连依恋的身影

随一次次清洗的衣衫
一道长大！

我的孩子，你可知道
你未经世事的心灵
和未蒙尘垢的躯体
在我清幽的怀里
放逐了我冷寂的记忆！

二

从哪一天开始
孩子，当你走近我时
你洁净修长的手指
掩住了小巧的鼻头
眼里流露出的失望与厌恶
还有停滞的脚步
惊冷了我想要拥你入怀的热望！

是的，孩子
你眼中的我
已非昔颜
青丝已枯萎在浑黄浊流中
鱼虾的挽歌
余音已尽
泥沙里
或许还能找到它们
挣扎窒息的痕迹
老柳暗褐色的枝干

挂满零碎的五彩旗帜
斜搁在我疲惫不堪的额头
许多不知名的溶液
灼伤我肌肤和血脉
日渐腐化

我的孩子，你可知道
母亲苍然老去的身姿
和深夜压抑的悲鸣
都源于对你不舍的深爱！

三

这一个清晨
柳芽儿摇醒我的眼睫
湛蓝如洗的天穹
有成群的鸟儿
掠过我恍如隔世的痴昧
小蝌蚪游弋在我葱茏的发间
贝壳娇慵着柔软的咏叹

孩子，你牵着小小孩童
让她圣洁的小手
捧着我面颊
抚摸我们生生世世
不绝不了的亲情！

我的孩子，你可知道

这如旧梦重温的亲近

得益于你小小的关注

和不再匆忙忽略的珍惜！

（原载《新作家》2013 年第 3 期）

▌作者简介

冉晓玲，女，湖北利川人，中国金融作家协会会员，湖北省作家协会会员，现供职于中国人民财产保险股份有限公司恩施土家族苗族自治州分公司。在各级报刊发表作品，出版诗集《紫风铃》和《今夕何夕》。

账本人生

■ 程向阳

账本最清楚你人生的历程
数字的台阶上
写满了艰辛的足迹

一切都在账本里
你的清晨是封面
夜晚是封底
留下一叠叠白天
坦诚地让我品读

圆珠笔扶你走向岁月的深处
复写纸使你的书写入木三分
你把点点滴滴分门别类
传票和账页像一群听话的孩子

整齐地排着长队

回首往事的时候

你总是坚信

人生不是一本流水账

你把一切深情地交给我

私章在最清白的地方

烙下了鲜红的心愿

要我珍惜账本人生

（原载 1994 年 5 月 6 日《湖北日报》）

▌作者简介

程向阳，供职于中国建设银行湖北赤壁支行。

锡林郭勒草原上的一颗露珠

■ 袁 刘

（外一首）

这一定是一颗伟大的露珠
竟在茫茫草原中和一棵青草做了邻居
此时，在亿万人中单单和我相遇

这一定是圣艾修伯里给我的法国式见面
原本和一颗露珠相遇不关我的事
可是我喜欢上了它，它就是我的唯一
我也就是它这个世界上的唯一

它一定是世上最幸福的露珠
蓝天是它的嫁纱，白云是它的发簪
牛羊是它的仆人，草原是它的婚床
最后在跳下叶子前，它拥有了我

一颗露珠一次人生

我始终赞颂一颗露珠
赞颂它的衣裳，它的脸庞
赞颂它的发髻，它的目光
我赞颂它的伟大，就是在剔除我的渺小

赞颂是对虚伪的宣判
我要等着所有虚伪在露珠坠落叶子的一刹
低头忏悔
再用叶子写满他们的罪恶
做他们自己的裹尸布

我会赞颂一颗露珠的伟大
带着对永恒的虚假的批判向短暂的真诚
致敬

（原载《草原》2012 年第 7 期）

‖ 作者简介

袁刘，湖南新化人，供职于中国工商银行广西柳州分行。作品散见于《诗歌月刊》《广西文学》《中国诗歌》《草原》《草堂》等刊物，著有诗集《一阵风的过去》《一个虚伪的诗人》、散文集《那些城市的脚印》。

猎　户

■ 王承

（外一首）

山崖跌落
一个鹰的故事

野山　沉默了
这时
星星很快地出现
燃一堆火
烧千年的松枝
山岚里弥漫出一种
陈旧得有些清新的脂香
夜宿
听四周孤独的兽嚎
各种阴森可怖的鸣叫
抱头睡下

横卧成一杆猎枪

篝火模糊了

遂有山风拂过树顶

哗哗地喧响

有许多林子里响着猎枪的日子

惊起了半山雀飞

灌木丛中的枪口

悠然一缕白烟飘过

弥漫不散

是心中流荡着的山魂

挂满兽皮的记忆

站成一堵峭崖

猎户的梦都有关于山的慷慨

满破的雀语

如山路一样曲折的季节

岩鹰拔地而起

播种着山的深沉与剽悍

掐灭

燃在指尖的野火

一声声虫鸣

伴着星星

野宿的猎户

说走就走

无题

仰望无奈的雁阵

又是落叶飘飞的季节

独自

踏响年轻的故事

在默默穿行人海的时候

那让时间流逝的爱

就像一阵喧闹过后

孤独而深沉的岸

常想起

你飘然而去的一瞬

无题的诗中

不知什么是

风

（原载《年轻人》杂志 1990 年第 10 期）

‖ **作者简介**

王承，供职于中国建设银行湖南怀化市分行。

妹妹，这就是故乡

■ 王晓辉

妹妹 牵着你的手

让我带你去看

祖母和外祖母的坟陵

在高山之巅

白云升起的地方

两位老人盘膝而坐

唠叨着生活的艰辛

她们一生都没有 如此华丽富贵

那锦绣的寿衣

是她们年轻时一针一线的杰作

她们在三十岁就完成了

走向天国的盛装

妹妹 牵着你的手

让我带你去扯掉坟陵上的衰草

周围是庄稼

远处是山岗

有一只布谷鸟在坟前的槐树上成长

两位老人用慈祥的目光注视我们

轻轻的笑声

穿越我们的双眸和手掌

我的泪早已飞落

在地上生长成思念的花朵

在那瞬间

天空飘过众神的音乐

妹妹 这就是故乡

祖先们都休息在这片山岗

山岗上茂密的树林

群鸟在齐声歌唱

还有祖先的子孙

像青稞一样 茁壮成长

在这片山岗

你能听见粗犷的秦腔

你能听见高山戏的悠扬

祖先们都是歌手

老生 须生 青衣 丑角 花脸

两位祖母是美丽的旦娘

妹妹 这就是故乡

是我出生的地方

在清晨的彩霞里

我的哭声灿烂如阳

如今我长成一根乔木

此刻又像一块石碑

刻满缅怀的语言

伫立在祖母的身旁

任思念野草般疯长……

（获光明日报社 2014 年《关雎爱情诗》全国十大潜力奖）

‖ 作者简介

- -

　　王晓辉，笔名阿丑，中国金融作家协会会员，中国诗歌学会会员，甘肃省作家协会会员，供职于中国工商银行甘肃陇南分行。

- -

算 盘

■ 亓祥平

（外二首）

不甘寂寞

追寻着那份理想

多年努力坚守着人格的围墙

上下求索悲欢离合

高唱一曲声声不息的歌

不折不扣　不卑不亢

虽被命运拨来拨去

却依然

恪尽职守　分毫不爽

乡 音

小的时候

乡音是外婆的笑容

拳拳呼唤声声叮咛

长大以后

乡音是信用社里清脆的算珠声

一边是苦练一边是攀登

如今哟

乡音是故乡的金山银垛

迎来的是收获送走的是贫穷

楼梯

多少人踏过

多少人遗忘

脊柱弯弯

容得下所有的喜怒哀伤

送走春夏秋冬

依旧挺拔坚强

把岁月的伤痕留给自己

为别人托起不懈的希望

（原载《山西文学》2011 年第 3 期）

▎**作者简介**

　　亓祥平，中国金融作家协会会员，山西省作家协会会员，太原市作家协会副秘书长，《山西农村金融》编辑。供职于山西省农村信用合作联社。出版文集《银星璀璨》（合著），报告文学《铁警真情》《指尖奇语》。

飞越喜马拉雅的蓑羽鹤

■ 石城

1

喜马拉雅山是举世公认的世界屋脊
而赵忠祥的嗓音几乎就是棉花团
那么宽厚，软实，富有弹性
但被放在那么高的山顶，突然就变得无比稀薄
就像分布在那里的空气：虚净，旷远，透着刮骨的冷
他说到了印度
这个国家的古老神性，和万种风情
着实让我心旌摇曳了一阵。不过
一想到横亘在天边的喜马拉雅，立刻就身心凉透
犹如突然间挨了一记鬼打的耳光
电视镜头适时切换过来
一座高耸入云的雪山，白皑皑的，绵延不绝，猛地
挡在了屏幕里，而且那么近，就在眼前

那些被称作蓑羽鹤的鸟

队伍那么大，那么辽阔，正在山的一侧

艰难地往上飞。我看见的时候，它们

阵脚已乱，就像一大团散碎的黑影在风中弥漫

一下把我的心也提到跟它们一样高，并一直悬着

那些精灵们，鸣叫着，交叉着

有时候是重叠着，一点点升高，再升高

远远看去，还远没有到达山顶

天那么蓝，雪峰那么白

沿雪峰不断升腾起来的气浪，不仅白

眼看就要倾覆过来，哦，我的心几乎要碎了

2

鸟飞到了这么高的地方，已经不再是鸟

那羽毛里裹着的已经不再是肉身

体内也不再是鲜红的血，一滴一滴

我们的血热情，怕冷，需要靠炉火和衣裳保暖

它们看起来什么都不怕，只怕不能飞得更高，进入
更冷

它们将自己那么弱小的身躯放逐到了

如此浩瀚的高空，并非要集体自杀

恰恰是为了远离死亡，继续择地而居，好好活着

这世界上海拔最高的部落大逃亡，多么像

一次前途未卜的大规模朝圣

心中怀着虔诚的信念，但道路无比凶险

那么高，尽管我们努力瞪大眼睛

也只能看见一小撮尘埃，细细的，那么微不足道

有时是一张张薄薄的纸，迎风打开来
那么大，那么轻，在空中晃来晃去
在我的注视里，它们已经
连续改变了好几种姿势，仍然无法升高一点
它们仿佛失去了自我控制力
刚刚在一阵气浪中缓缓升上去
又迅速被一次雪崩打下来。瞧那个样子
翅膀明显有一点硬，动作有一点僵
嘶鸣声有一点哑，也有一点哀绝
我一直屏住呼吸，暗暗替它们捏一把汗
但天上人间，相隔万里，无法帮它们使上一点力

3

这个鬼地方
凭着它世界第一的高度，和不可攀爬的险峻
被称作地球的第三极。据说
每十个来这里探险的人中，就有一个死于非命
用自己的身体在这片茫茫的冰天雪地，再添上那么一
小片冰雪
——这个被认为"连鸟也飞不过去的地方"
恰恰成为蓑羽鹤生命途中一道必经的坎
一个真正的鬼门关
情况就是这样，很简单，明摆着，但我依然不知
是谁事先安排好了喜马拉雅，又安排下蓑羽鹤
让这些弱小的生灵，一年一度，为了生计
不得不背井离乡，乃至于携家带口
经历一次世界上最无助的亡命之旅

当它们那么弱小的身体被放在全世界最高、也是最冷
的处境
那就是真正豁出去了。中途
既不能折回来，也不能停下来歇歇脚
必须继续忍饥挨饿，从死亡手中，把生命再夺回来
没有人知道，这样的长途跋涉
在它们的飞翔生涯中，占多大比重
我更不可能把自己的身体也举到那么高
去亲身体验一把。但我能想象
当阵阵寒流紧贴着它们那么单薄的身体刮过去
那种针扎、火烧、电击，以及刀割般的痛楚
足以让一个硬汉舍弃余生

4

到了这么高的地方依然不是净土
依然无法逃脱血腥、杀戮、同类相残乃至弱肉强食
这样的人间游戏。这些逃亡中的蓑羽鹤
猛一眼，几乎就把它们当作天使，细看之下
那单薄的身躯和优雅的动作
尤其在突然遭遇厄运时的无助与绝望
不禁让人警醒：美和善良，在哪里都是一个错误
那些有备而来的金雕，那些恶鸟，眼睛里流着毒
带着凶狠的喙和锐利的爪子，尽管远离人间
也不会让人敬畏它们的凶悍和威猛
而是厌恶它们的阴险和歹毒。这些肉食者的行为显然
有些卑鄙，不仅仅是不劳而获，更是乘人之危
在我如此紧张的仰望里，到了最后

不是蓑羽鹤自己，而是这些鸟中的恶魔顿起杀机

把整个悲壮的旅程推向了高潮

遥望高天，那绝境中的逃亡，搏杀，再逃亡

以及那只雌蓑羽鹤为了自救而不得不

强忍住生离死别的惨痛，都一再提醒世人

那是在世界上海拔最高，温度最低也是

阳光最绚丽的地方。那里，几乎就是传说中的天国

（原载《闽派诗歌》）

▌作者简介

石城，本名陆林松，中国作家协会会员，福建省文艺评论家协会会员。现供职于中国人民银行福建屏南县支行。1990年开始写作。诗歌入选多部选集，散文获"孙犁文学奖"。出版诗集《乌鸦是一点一点变黑的》。

温一壶宋词照秋光

■ 完颜蕙蕙

西风卷地，木叶蹁跹
三千年的诗史啊，流长源远
西风如吟，木叶飞黄
我独温一壶宋词啊，照秋光

苇花飘飘，鸦背青天
三千年的诗以言志啊，歌以咏言
苇花瑟瑟，鸦背残阳
宋词的行板响似月光，错落纸上

简册中涌出裂岸的浊浪
淘洗江山，赤壁下立羽扇的周郎
画卷里荷花十里桂子三秋
奉旨填词，江湖上远去了白衣卿相

号角吹彻长烟落日里的孤城

白发的将军剑戈倚燕然千嶂

铁马冰河归来怀抱一卷兵书

零落成泥碾不碎彻骨的梅香

弄巧的纤云挽不住传恨的飞星

迢迢河汉流不尽朝朝暮暮

寻寻觅觅晚风铺黄花满地

梧桐更兼细雨是敌不过的孤独

大宋的风帘笼江南形胜

踏一路旖旎笑泪歌哭

纵追不尽风雅颂的兴观群怨

也是诗史上一斛珍珠华美璀璨

温一壶宋词,栏杆拍遍

一行行,且回望青史未远

温一壶宋词,风月无边

一阕阕,唱而今盛世花繁

（获 2016 年第二届"莲花杯"世界华文诗歌大赛优秀奖）

‖ 作者简介

完颜蕙蕙,本名王晓晖,女,满族。中国金融作家协会会员,辽宁省作家协会会员,辽宁省散文学会会员。现供职于中国农业银行辽宁省分行。

月色擦亮你的眼眸

■ 黄峥荣

夕阳小酌一口
我看到憨态可掬的娇羞
横过蜿蜒的人流
被大象般的地铁口吞吐到厨房
辣椒大蒜爆炒鲜牛肉

月色擦亮你的眼眸
正好我可以挽住你的手臂
风 亲吻你的秀发
我们握手走向月光
消磨蛙声此起彼伏的夏
脚步盈盈 放下所有的重
就如你二十年前
栖居在我怀里一样
轻

（原载《湘江文艺》2018 年第 4 期）

‖ 作者简介

　　黄峥荣，女，湖南衡南人，中国金融作家协会会员，湖南省作家协会会员，鲁迅文学院湖南诗歌班学员，湖南建行作家协会副主席。现供职于中国建设银行湖南长沙铁银支行。在《创作与评论》《青年文学》《湘江文艺》等刊物发表有散文、诗歌、小小说等多种文学作品，著有诗集《青瓷淡月》。

猛拉的夜，不止是月亮和星星

■ 左宗舜

（组诗）

蛙声无所适从地穿过村庄

栅栏内的几声牛哞，表明了村庄的坚硬

磷火之外，听得见梯田中的蛙鸣

向着季节发出清晰的水花

响起我们曾经的孤独和童谣

响起月光下重重叠叠的爱恨与情愁

村庄不断扩大，树叶密得透不过风声

有雨水在尘土上打着漩涡

有叶片飞落邻居熟悉的门槛

沿着河水，蛙声爬满田埂

随那些萤火虫的故事贮满喉间

在家园深处，放飞着黑夜里的想象

蛙声无所适从地穿过村庄
打着平仄，也押着水韵
而村庄躲不过马匹奔跑的蹄声
再次以闪电的方式抵达醒着的踪影
在丰满的季节，触动我们的神经和鼾声

绕不过潮湿的洗衣石

在猛拉潮湿的村口，在叫大碾砣的地方
已看不见屋后曾经的松林
木桥也不在。只有一束束稻禾
还滴着夜里的荧光，把清晨的露水
呈现出来，明亮着村庄的瞳仁

绕不过河中潮湿的洗衣石
雨水送来凉风，鸭群顺流而下
为赴一场狗尾巴草的盛宴
苎麻湮没栅栏的缝隙，马群走远
父亲在尘土中静卧，远了春天
错过的季节，只有篝火在小路上呜咽

在深夜的内心，突然发现
只有那些木盆、葫芦瓢、木槌
守着老屋，守在母亲身边
调制着村庄的简单而朴实的温暖
也稀释城市中那些不安分不守己的苦楚

猛拉的夜，不止是月亮和星星

猛拉的夜，不止是月亮，不止是星星
落花之时，高高在上的村庄
凋零成泥，让悸动的心
被三棵大树高高地举起挂上枝头
远远地看见了少年时青梅竹马的玩伴

夜晚有猫头鹰的几声尖鸣落在梦外
常常留恋走失田野的场院
风高过山墙，山歌飘落大地
当在风中枯瘦的脸突然笑了起来
瓷器的碎裂，恰到好处的狗吠
弥补了睡梦中某一个脚步慌恐的时刻

一个人坐在门槛上，静静地倾听
那些玉米的缨子和鸡冠花的蕾
在一场雨水来临的日子里
傻傻地反刍着清纯羞赧的天空
在夜晚里窝藏成身体里最坚挺的部分

走在叫大沙田的地方

走在叫大沙田的地方，河水变得亲切
我从那些田埂上再次走过
穿越水声，踩响沙粒
抚摸着梦中醒着的那份忧伤
有一抹泪水卷着经年的血刺痛了目光

从大山敞开的缝隙里爬去
看那些沉默不语的柳树和青藤
看那些稻田中翻晒着的祖先的名字
恍惚成胸中的一粒草籽
或许是一种古老而悠长的箫声
或许是脸庞上匆匆的汗珠滴落在掌心

在大沙田，不管是风来，还是雨去
总是看见灶房上空的炊烟
夜夜里提醒带好回家的钥匙
枕着村庄里更多的坚硬和安详
而穿越世间的光芒，而倾听庄稼的表达

灯火仍然照着母亲的针线

多年的风声开始清凉，猛拉村的月光
层层漫过皮肤。从骨头里
举起摇曳的灯火，暗红的、孤独的
这是只属于村庄的一种火焰
卑微地容纳着虫子，照亮着母亲的针线

灯光缀着劳动的盐分和泥土的咸涩
有一根棉线，有一块花布
反反复复。缝了月亮，补了星星
天堂的歌声与童话
在掌心无忧无虑地铺展开来
一段段穿过挑灯的姿势和坚守的农谚

灯火的夜晚，在稻草上安睡

院墙前的黄花，篱笆下的蕨蕨草

和灯光一样沾满我的经历

在缄默之中，像先人们匍匐的身子

瞬间变成一件美丽的事物和动听的故事

（原载《中国金融文学》2015 年第 1 期）

‖ **作者简介**

　　左宗舜，中国金融作家协会会员，现供职于中国农业银行云南红河蒙自市支行。

白发网商

■ 张大勇

（外一首）

手握鼠标，指点江山
心中累积的伟人情结
被老父亲一日复一日地刷新

哪怕是飞往新疆海南的空中浮槎
家父也能提前预订
牵手我的母亲远足旅行

老父亲不喜欢使用返回键
他内存的衷情我们心知肚明
假如真的回到从前
父亲只是一个会用蛮力的农民
而如今，互联网上销售农产品
每一天，他都在自己的日子上

粘贴开心

这位七十四岁的白发网商
经常对我们三个儿女表白：
干到一百岁，我开花的事业
也不会黑屏……

跳广场舞的母亲

母亲身体里有一条纵向的河流
她被岁月使用和宠爱的腰身
舒展叶绿枝青

曾经一场场的舞蹈
似乎都关联着国家的喜庆
关涉着集体的欢欣
这些年，她的不会退休的舞姿
总是在晚霞铺展的舞台上
绽放，抒情

她向家中花园里的众芳
学习袅娜之韵
她与一家人的笑声，蹁跹互应
穿起唐装也穿起民俗
在淮剧悠扬的旋律里
演绎返老还童式的年轻
她跳落的一丝丝皱纹
在广场上荡漾

黛蓝色天幕上涵泳银光的星星

莫不是众神惊羡的眼睛

（获 2018 江苏省庆祝改革开放 40 周年诗歌大赛二等奖）

314

‖ 作者简介

张大勇，中国金融作家协会会员，江苏省作家协
会会员，盐城市网络作家协会副主席，阜宁县作家协
会主席。现就职于江苏阜宁农村商业银行。作品散见
于《诗刊》《星星》《扬子江诗刊》等刊物，多篇（首）
作品被《作家文摘》《中学生文摘》等转载与收选。
出版作品集三部。

灾难

■ 高山

鹰　旋转天空

就这么突兀地

风冻住了翅膀

砸在柔柔的手上

手中的笔舞动成一枝花蕾

地平线在哪里

塌陷的阳光下

一张好看的脸庞

左颊　去往天堂的痛楚

右颊　冰冷漠然的碑

而此时　一枝花蕾

直指阳光

（获湖北日报传媒集团《前卫》杂志承办
的九宫山杯"难忘2008"全国征文大赛二等奖）

‖ 作者简介

　　高山，湖北长阳人，中国金融作家协会会员，宜昌市作家协会会员，供职于湖北长阳农村商业银行。

走过的方式

■ 北 鱼

（外一首）

蝴蝶没有脚印，我始终认为
它们翩翩的飞舞
生来是为了脱离我们

忽略不计细小的脚，尽量夸大鲜亮的翅膀
几乎与牵涉的尘世无干

但可以肯定，它们必须依赖
那些干净的花朵
才能够经过我们，去我们看不到的远方

不知道蝴蝶明不明白
这其中的跋涉
只是我们对待生存，以不同的方式

去离开和抵达

比如我们以深陷的脚印摸索未来
春天以花朵的脚印摇曳前行

（原载《诗刊》下半月刊 2018 年第 4 期）

心上的炊烟 （组诗）

暮色向西

那个阳台上深望的人，暮色在
脸上移动
对视黄昏，他相信
没有人在目光里与他
竞争那颗越来越沉的夕阳

眯起一会眼，乡路是那么清晰
一群飞向母亲的倦鸟
暴雨般淋向小院后的竹林

他听见河面上扯起旋转的风
迟疑之间，他发现自己踩在那缕
熟悉的炊烟上

田野惊惶，从四周涌过来
隐隐约约，一块豁牙的玉米地
一只长满胡须的老山羊

在喊他儿时的名字

回乡记

几场雨水落进母亲的
睡眠里，窗外草色葳蕤
早上侧起耳朵
她看到空气里挤满回家的脚印

走出院坝，开学的铃声
通过油菜花传遍田野
孩子们的读书声像油菜花上的蝴蝶
又像她皱纹里风一样的阳光

母亲佝偻，一年比一年健忘
她眯着眼看我
像看田坎上那棵正返绿的桃树

屋檐下，自言自语念叨着
即将归来的三月
我最爱看的桃花，母亲看到的
是一树热闹的烟火

荒径

通向烈士墓的小径荒草丛生
那些荒草像狰狞的手
要夺去一条路的命

酩酊的城市，时光在迷惘疏远过去
金钱抬起目空一切的脸
山水之间，信仰在高地缓缓下沉

这条路我的父亲牵我来过
我牵我的孩子来过
这条路需要孩子们的歌声接过去呀

丢失它，幼小的心灵将开始荒芜
那柄降妖伏魔的剑
亦将从此折戟人间

蝴蝶，那些飞在花朵上的风筝

燕翅斜飞穿插三月
那把剪刀利落地剪裁窗外

流水推醒这个早晨
几场夜雨抽绿，一年的等待在草木中蓬勃
稍后花朵搭起阳光的梯子开始布置天空
游走的香气忙着糊出
风筝那双精美的翅膀

待春风从心头一吹，那些破茧而出的蝴蝶
便成群结队迎风飞舞
它们从一朵花到另一朵花
草木手中的线

长长短短，不离高处氤氲的天堂

心上的炊烟

如果捧起静止的风，消失的云
不会忘记我对它的仰望
一只时间鸟飞过，一尾珍藏的翎羽
是我逮住生活的全部

在南山之南，风弯曲在稻穗上
云守候在屋檐上
一座山倒影在一条母性的河里
等我，慢慢在炊烟里长大

从此我奢望，一桌从土地里收获的
饭菜，母亲飞扬的鬓角
我存放那只儿时的画笔
不画离乡白发，只等一缕过去的风
来心上，铺那幅淡雅的水墨

人间四月天

除了回避的爱情。在你的描述里
我更愿意相信那一朵让出阳光的云
高高在上的巉岩

除了迂曲的彼岸。我更愿意看见那些弹去
风雨的长尾鹊

把宽大的树荫越织越密

除了不能确信的，还继续走在路上的
我更愿意拥有一段流水
一畦草地
从此放低起伏的生活

从上而下瀑泻的阳光啊
请巉岩以存在佐证人间四月
我仍不安的内心

（原载《中国金融文学》2018年第4期）

作者简介

北鱼，原名魏河刚，中国金融作家协会会员，重庆新诗协会会员。诗作散文散见《诗刊》《星河》《中国诗界》《中华文学》《人民日报·海外版》《中国金融文学》《华语诗刊》《重庆文学》等近百家诗刊报刊。现供职于中国工商银行重庆铜梁支行。

永恒的记忆

■ 田 翔

（组诗）

母亲

凝视清纯的溪流
眺望壮美的山林
我想起母亲

想起平凡的母亲
想起母亲平凡的人生
想起母亲人生平凡的故事
想起母亲一段段不平凡的征程

匆匆跋涉，岁月留痕
母亲额头刻满道道皱纹
皱纹深深，溪流深深
深深溪流记录母亲勤劳的身影

那一声声叮咛的音韵
不正是母亲发自心灵的歌吟

即使沉静，也不沉沦
贫瘠土地崛起蓬勃青春
枝繁叶茂，经历雪雨风云
草长莺飞，品尝苦涩艰辛
将不屈的头颅，顶击雷霆
让刚强的手臂，撒播绿荫
以博大的胸怀，盛装温馨

母亲，我不是一名画家和诗人
无法描述你瑰丽的人生
想起你，我就像看到溪流看到山林
看到溪流和山林与日月共存

真诚，用生命眷恋世界
永恒，从黄昏走向黎明
母亲是激励我前行的不朽风景

纺

一支温暖的歌
轻轻吟唱
我伴随歌的韵律
走进温暖的梦乡

母亲，那时

你真的仿佛是一幅雕像
手，缓缓扬起
身姿弯曲而又端庄
静静地纺

纺长长不尽的棉线
纺进千丝万缕的慈祥
纺进千言万语的叮咛
纺进千滴万点的琼浆
纺进爱心，纺进柔肠
纺进默默的等待和期望
纺进母亲无与伦比的博大海洋
纺进母亲至高无上的朴素思想
织出块块平凡粗布
缝成件件漂亮衣裳
穿在我身上，暖在儿心上

母亲，你静静地纺
神韵独匠，我好欣赏
我好欣赏你纯美的形象
今夜，我又走进甜蜜的梦乡
那个温暖着我长大成人的梦乡呵
永记心间，至死不忘

烟斗

长长的烟管
浓浓的乡情

丝丝缕缕

吐出圆圆梦境

父亲盘腿而坐

在野草丛生的弯弯田埂

一棵苍老的乌桕树

撒下一片醉人的绿荫

眯眼小憩，沉思不语

是盘算今日的耕耘

是展望明天的收成

只听嘀哧嘀哧的呼吸声

打破旷野的寂静

黑黝黝的脸膛

乐滋滋的精神

苍老的乌桕树下

雕塑一幅朴素的剪影

烟管，吸得有滋有味

乡情，弥漫很远很深

烟斗蕴含父亲丰富的人生

草鞋

编织粗糙的草鞋

粗糙稻禾很土很俗

穿紧粗糙的草鞋

粗糙赤脚好俗好土

草鞋跟随双足

踏上风雨征途

父亲大步奔走，他始终牵挂
那片贫瘠而又富有的田畴
那块贫瘠而又富有的山丘
那个贫瘠而又富有的田畴与山丘
给了父亲最深最纯最美的感受
仿佛春秋浸染的彩绸
常系父亲心头
天天生长绿色希望
季季收获金色追求

父亲穿着粗糙的草鞋
岁岁年年，双足没有停留
终于踩出一条坎坷曲折的小路

斗笠·蓑衣

水竹梭成的帽子
苞茅缝制的上衣
戴在头顶，披在身上
深山最古老的活动风景
抵挡风霜雪雨

走进幽深的山谷
走向奔流的小溪
走到葱郁的大地
古老的风景凝聚期冀

中午，尽管闪电割裂长空

傍晚，谁知惊雷骤然响起

黎明，只见乌云铺天盖地

风云变幻显示无畏豪气

父亲走向远方

匆忙的身影怎能停息

呼唤你，惦念你，等待你

父亲头戴斗笠，身披蓑衣

呵，深山最古老的活动风景

我心中永远不灭的记忆

（原载《中国金融文学》2018 年第 3 期）

‖ 作者简介

　　田翔，中国金融作家协会会员，现就职于中国农业银行湖北省英山县支行。

扶贫村，我亲亲的故乡

■ 何剑波

今生 我曾经
走过许多地方
最难忘的
却是秦岭深处
一个名叫峦庄的小镇
和小镇深处
那个我包扶的
名叫马家坪的
偏僻村庄

那里的山
连绵起伏 险峻跌宕
像极了故乡群峰
那云蒸霞蔚的

329

层峦叠嶂
那里的水
蜿蜒多姿　浪花飞壮
像极了故乡小溪
那淙淙潺潺的
低吟浅唱

那里的风
柔和恬静　暗送清香
让人想起故乡
土地那浓郁的
幽幽芬芳
和春天里
随风翻滚的
青青麦浪
那里的人
朴实无华　憨厚善良
让人想起故乡
那些和蔼可亲的邻居
和情同手足的街坊
还有我那慈爱的祖母
和像泥土一样
沉默无语的爹娘

每次走进这个村庄
我的心中都充满渴望
渴望我有一种力量
把盘踞在这里的贫困
彻底清场

渴望我有一双翅膀

让那些倚门空望的老人

和四季留守的孩子

到山外的天空

尽情翱翔

每次离开这个地方

我的眼里都满含惆怅

因为这里

有我执着如火的追求

和汗水浸透的梦想

因为这里

是我生命的归宿啊

是我日夜梦牵魂萦

时刻挂肚牵肠的

亲亲的故乡

（原载《延河》2018 年脱贫攻坚特刊）

‖ 作者简介

何剑波，陕西洛南人，中国金融作家协会会员，中国诗歌学会会员，陕西省作家协会会员，现供职于中国农业银行陕西商洛分行。出版散文集《爱在心中》《情到深处》和诗集《轻撷你的心》。

诗画中国

■ 张力芸

（外三首）

祖国啊，我敬爱的祖国！
你是我的荣耀我的自豪，
是我蓬勃昌盛的生命之源！
在你雍容绚丽的华夏大地上，
处处都有如诗如画的风景……

一道巍峨磅礴的万里长城，
雄关漫道气势如虹抵御外侵；
一垄皇天后土的黄土高坡，
汹涌律动着生生不息的脉搏……

八百里秦川怒吼的秦腔，
唱尽五千年劳作的悲欢离合；
一碧万顷的呼伦贝尔草原，

任威武雄壮的套马汉子驰骋征程⋯⋯

祖国啊，我敬爱的祖国！
踏寻你的足迹，多么让人神往！

徽州粉墙黛瓦的古民居，
巍峨的马头墙捍卫着传承的尊严；
景德镇燃烧的千年窑火，
焙制出悠悠岁月典藏的青花瓷⋯⋯

醉美古镇周庄的蝴蝶梦，
用水墨丹青描绘的古禅诗意；
万顷江田一鹭飞的沙河，
构筑新中国绝美的盛世家园⋯⋯

北方五彩斑斓的田园，
麦浪金波孕育着希望和收成；
神奇九寨那碧绿的湖水，
秋水长天层林尽染美不胜收⋯⋯

祖国啊，我敬爱的祖国！
跟随你的脚步，多么让人陶醉！

伊犁那梦幻般的薰衣草，
如流光溢彩的紫玉芬芳四溢；
门下那橙色银杏秋韵浓，
像走出祖国画卷的千里油画⋯⋯

西藏纳木错浩瀚的星空，

朗朗乾坤虔诚礼拜天地人和；
张掖丹霞绵延的地形山，
是大自然打翻的七彩颜料，
演绎着动听的自然交响曲……

令人遐想的天空之镜茶卡盐湖，
蓝天白云澄净纯粹牧草如茵；
让人流连的张家界风景，
雄奇瑰丽叹为观止……

祖国啊，我敬爱的祖国！
处处是你如诗如画的风景！
一幅幅、一帧帧、一卷卷，
横跨西域东土、撒满南海北国……
绝色中国，写意春秋！
让人怎能不爱你的风骨你的灵魂！

祖国啊，我敬爱的祖国！
就让你殷切的希望，
充沛我饱满的额头和健壮的身躯，
就让我的锄犁永远耕耘在，
你广袤无垠的家园，
为你辛苦为你美丽为你繁衍，
永不停息……

春分

阳光把一半春热烘烘地照出来

柳枝丫每天向天空
吐露着嫩绿的心事
樱花杏花同时粉红了花容
难分伯仲　飞燕草的紫色迷幻
似洒落的星星雨　花事重重
一宗接一宗

燕子的呢喃由远及近　清脆婉转
清晨的路上车轮声　声声入耳
花开时节　云朵都织出了锦绣
在城市落荒的草叶
在郊外自由自在
许一个愿望
蝶儿也飞　蜂儿也忙

雨水来过
湿润的泥土开始饱满
耕种的时候到了　忙碌起来
晴好的天气适合插秧
赶在黄昏之前把排排的青苗植入水田
果树的旁边
汗水一起用来灌溉
哪一片田园没有稻花香　花果香

飞驰的地铁每天焕发一新
不同的面孔上上下下　陌生簇拥
褪去冬装　街头时尚的潮流涌动
色彩缤纷　一起跨过春的分水岭

谷 雨

进入四月就进入了雨的帘幕
瓦凉瓦凉的天气保持一种惯性
昨夜的雨来过　润湿屋外的苔痕和石阶

踩着湿漉漉的地面　像踩在云端
荒芜的心情　也柔和了许多

薄薄的雾霭　像蝉翼般笼罩
空气里自带清香　绕梁不绝
三叶草把地面装扮得星星点点
芦苇丛　荡漾在和煦的风里
关山樱向着天空期盼粉色的梦

雨带来了许多云的秘密
在黑夜里　无声地诉说了一遍
听众是花鸟鱼虫和树梢柳叶
与地上的青草交换眼神
田野里不约而同冒出盎然绿意

漫步在雨中　心甘情愿地感受雨的气质
来时静静悄悄　去时毫无声息
禾苗却已青葱成行
万物复苏生长　花草争荣
一夜的惊喜　在无声的雨中

蚂蚁的奔跑

蚂蚁虽小 却有着灵巧的脚
一起奔跑的阵势 像一片乌压压的云
面对巨无霸的食物
颗粒归仓的迫切使它们的行动快如闪电
弱小的蚁族 从来就不示弱

暴风雨来临的预兆 让树叶颤抖
飞沙走石的乱象 让人退避三舍
可为了生存 蚂蚁不得不搬家
逃离即将溃于蚁穴的泥土
奔跑的蚂蚁 有着惊人的禀赋

不细看 永远发现不了它的踪迹
蚂蚁一生忙碌的两件事：搬家和上树
都算是自我的救赎

有时候 感觉渺小的蚂蚁
像人生驿站的感叹号
停一停顿一顿 是为了下一次的奔跑
聚在一起的力量
可以撼动巨峰

（原载《当代华语名家文选》）

‖ 作者简介

　　张力芸，笔名藁艸，中国金融作家协会会员，四川省成都市作家协会会员。供职于渤海银行成都分行。作品入选《中华文艺》《中国当代诗词精选》等书刊及《语文读本》（2018年高一年级）。2018年获得《似水年华》杂志首届主题征文一等奖，著有诗集《山河故园》。

秦淮纤夫

■ 张泰霖

（外一首）

任描写金陵的华章，偏好
"六朝金粉，十里秦淮"。
名不见经传的秦淮纤夫，
却用自己的血肉之躯作笔，
在长达 220 多里的秦淮河岸，
写下壮丽诗篇绽放异彩。

秦淮纤夫们汗滴的咸味，
肥沃过堤岸上一岁一枯荣的巴根草；
婀娜多姿的依依岸柳当过
纤夫们知春知夏知秋知冬的知己。

一根浸泡过桐油的纤绳，
好像长在秦淮纤夫的肉里，

成了秦淮纤夫延伸的筋骨。
抖落历朝历代的雨雪风霜，
纤绳牵引秦淮的岁月之舟，
纤夫们与历史长河相依千载。

秦淮纤夫踩碎的薄冰下的无数残梦，
被新升的暖阳蒸发成湿润青空的气态。
草鞋的花纹联成缀满河岸的诗句，
璀璨成百里秦淮大文化的豪迈。

当把一轮明月背落西天，
太阳从纤夫的身后追上来，
一颗喘息的纤夫之心，
泊在南京的通济门外。

码头上先卸下来自乡村的"情"，
再装上城市回报的"爱"。
无心去看《桨声灯影里的秦淮河》
归心似箭地拿起纤板背起纤绳，
返回鱼肥稻香的故乡柔怀。

此时，绕了地球半圈的月亮，
正在东山头向纤夫们示爱：
家中的妻儿老小在等待，
一壶待温的土桥烧酒在等待，
一包湖熟五香牛肉在等待，
等待啊，等待，等待
纤夫丈夫、纤夫爸爸、纤夫儿子，
仍有一双好手好脚把家门推开。

如今，秦淮纤夫的足迹已无从寻觅，
但在风雅秦淮的记忆里，
纤夫们伟岸的身影与秦淮同在。

（原载《中国金融文学》2013年创刊号）

诗意江宁

藤状的蔷薇花

繁星似的攀爬

攀爬民居的粉墙

也攀爬李白的情思

"不向东山久

蔷薇几度花"

李白怀念江宁东山

就捧一丛蔷薇表达

诗仙的心目中

蔷薇是东山的名片花

现如今江宁的"名片"上

已是繁花似锦的花都

杨柳湖 香樟园 七坊

都有接天的莲叶 映日的荷花

荡漾着王昌龄《采莲曲》的风雅

"荷叶罗裙一色裁

芙蓉向脸两边开"

七绝圣手王江宁的诗名

氤氲着江宁红荷的清芬

世凹桃园的千亩桃花
是"春牛首"的绚丽面容
与杜牧的《江南春》
"千里莺啼绿映红"相比
又添了几分妩媚
和"乱花渐欲迷人眼"的繁华

秣陵杏花村是清明时节
"杏花春雨"的历史源头
流淌着红男绿女的欢歌笑语
他们在朗诵着
"杏花深处秣陵关"
当下的潮男潮女们
有时也发思古之幽情

湖熟无愧有小南京之称
挥洒科技育花的大手笔
给菊花不是小小的花盆
而是一片广阔的天地
让菊花的万紫千红竞展芳颜
让菊花的香阵
熏醉如织的人群
菊花以特有的浓情蜜意
报答街道的知遇之恩

在唐诗的意境里
好像没有找到她的芳影
但她却特具异国情调

酬了她的"乡愁"是江宁的包容

她就是生长在汤山和大塘的沃土

那一望无际的薰衣草

普鲁旺斯风情万种

一片玫瑰色的云霞

融入江宁的诗心

其实 在江宁的百花园中

最耀眼的还是那些

绽放在美丽乡村

甜美在人们心头的金花银花

她们与油菜花比辽阔

与山花比烂漫比馨香

她们既有花卉的自然之色

又有农家乐的生活之趣

正是她们的勤劳加智慧

装扮了如诗如画的田园风景

走出一条江宁乡村圆梦的花径

（原载《中国金融文学》2016 年第 2 期）

‖ **作者简介**

　　张泰霖，南京人，中国金融作家协会会员，江苏省作家协会会员，供职于中国农业银行南京江宁支行。著有"四春"诗集（《裁春集》《裁春续集》《春江水暖》《世纪之春》），中英文双语诗集《张泰霖短诗选》，民歌体诗集《大美江宁》，和《磨盘街十号》《春暖花开》等文学著作，并在《人民日报》《金融时报》《文汇报》《新华日报》《诗刊》《扬子江诗刊》《雨花》等报刊发表诗作。

这样的旅途

■ 陈载暄

（组诗）

一千朵花次第开放

一千朵花次第开放
尘世的沙在风里游荡

开放的花氤氲无尽的乡愁
游荡的沙孕育无明迁流

乡愁里的夕阳漫撒着归路
迁流的无明铺满曲折的程途

归路中有佛在天际凝望
程途里菩提若隐若现地放光

凝望里被钟声撞得泪眼婆娑

放光里拈花的身影
在时空里穿梭

泪眼婆娑中有了归路
时空穿梭里佛光指引着程途

隔世穿梭三生的苍茫

在夏季的花红里
种下一百零八桩心事
漫天的云卷来了
二千年的忧伤
一个无常和另一个无常
在雷雨里飘洒
飘洒的痕迹
在八千里路途叮当了风尘
谁在茫茫的后方期望
旅人的归期在几时

在山外夕阳的余光里
辞别灼热的眼眸
此去将不再执手
只有无语泪奔
是在江南的小桥边歇脚吗？
客栈的门关否
清凉顶的云雾里踏歌的号子
无人应和
是过去的相约？或是告别？

风雷里坚强而殇

尘世之愁，碎了心怀
落了一地
隔世穿梭三生的苍茫
是哪一条
滔滔奔腾的河流
淌走了三个黄昏的飘零
五百年的遥望成风
三生的执着成雨

走散了，走散了
在九个世纪里劳燕分飞
守候着，守候着
自云水的悠然踏歌而来

不是为了在
今夜的星光里，呢喃缠绵
花红和流水的浪漫
早已憔悴成风
泪干了无语了风散了
心也走丢了
又开始找心，在今世今生
不为倾世的容颜
只为了灵魂里深刻的烙印
还未消散

秋未到，夏未了
花儿仍在开放

开放了无数个季节
山高水长一路相随
待秋水流过，落霞漫染
高天菩提冉冉而来
旅人的归期到了，相随来吧
牵着遗落的心事
在忧伤里化莲
漫漫染染在天际
次第而绽

轮回里守候成一尊雕像

你走，或不走
黎明总要到来
就顺着这条路
走进繁花深处
浅浅地一笑呀
五百年的矜持坍塌
花谢了又次第开放
笑着笑着青春被笑散
散灭成穿梭的光阴
在轮回里守候成一尊雕像
那是一种热望么
穿透所有的伤感
就像乡愁那样
漫染在交错的时空

这样的旅途

最担心思绪成河
在堵车的路上
不知流向何处

没看过几夜明月
刚在街的拐弯处
就被城市的灯火湮没

当乡愁袭来
旅人的坚强固守不住
心弦里颤动着无尽的脆弱

左边是车，右边是楼
一半是迷失一半是惘惑
梦成了虚拟的旅途

一滴水中的阳光

一滴水中的阳光
于隔世外闪烁
在风雷间游弋了 1999 年
划过九条河的时光
温暖成一朵花的光芒
那笑容还未消散
还原成梦里梦外的一个印记

捧起这滴水珠

所有的花儿哗剥绽放
嘿，你还在河湾踏浪吗
看天际的太阳已成紫色
累积了四十四个夏天的温度
滚滚而来
化成飘忽的雨帘
潜藏了无数个世纪的长虹

屈原的家

屈原的家
很大，那一片辽阔的荒原
都是他的罗帐
他在草长的季节
牧一大群羊儿
漫过青草的气息
在灵魂深处的汪洋
置造了一艘艘搁心的大船

屈原的家
很小，他的大船
很快驶到了边际
没有了原野，没有了苍天
他不再向原野放牧
也不再向苍天倾诉
家是个虚无，是个幻象
家里的浊酒浸过灵魂
窒息得水波汹涌

不知淌向何处

索性告别家，在家里告别

在搁笔长叹

或是微微一笑之后

屈原的大船

不再游弋于水面，而是深切地

与整个灵魂紧紧地相拥

那些无法细说的意向啊

从此弥漫于千年时空

经久不散

（原载《中国金融文学》2018 年第 4 期）

‖ 作者简介

陈载暄，本名陈小兵，中国金融作家协会会员，四川省作家协会会员，成都市作家协会会员。现供职于中国农业银行成都市温江支行。在各级报刊发表各类作品 100 多万字。出版传统文化研究专著《禅外流云》《禅韵心香：智慧〈金刚经〉》《智解大学》，经典译注《子不语》，长篇小说《痕路》，散文集《月亮还未爬起来的前夜》，诗集《千年约定的回眸》。长篇小说《荡来荡去》获首届"中国金融文化网杯"文学奖；散文集《月亮还未爬起来的前夜》获第三届中国金融文学奖散文奖；《智解大学》获成都市社会科学优秀成果三等奖。

新年

■ 薛志峰

（外一首）

新年的步履上满满地
走动着一个词语——
进发
新年的肩膀上沉沉地
扛着的还是这个词语——
进发
——甚至
在新年的血液里除了"进发"这个词语
便找不到别的任何一样东西了

进发
是新年开放的最鲜艳的花朵
是新年闪耀的最璀璨的春色
进发

敲响了新年的钟声

迸发

脱掉了时间的旧衣——

新芽儿在种子中抬起头来

骏马抖掉陈旧的脱毛

朝霞亮开了它那最新的最绚丽的一抹

太多太多的梦

都以新的姿态起飞了——

草儿要绿成什么样儿

花儿要艳成什么样儿

树儿要长成什么样儿

小朋友要把功课做成什么样儿

——这些

都在眼前挂起蓝图

就连那个被人们称为花大姐的小瓢虫

也想好了要在新年美美地

漂亮一把

谁都知道新年就是迸发

谁都按不住

新年的迸发

——给他们、给她们、给它们

带来的感动

新年

无论在北方、在南方

在风里、在雪里

在空气里、在冰层里、在土壤里

只要稍稍闭闭眼睛、稍稍用心倾听

耳畔响过的
都是迸发的各种各样的
足音

梦中的鹅毛大雪

选择这样的时日
双双对对
她从天上来，纷纷扬扬
穿着洁白无比的盛装
她啊——
正是嫁给大地的

新娘
她的衣服是洁白的
她的肌肤是洁白的
她的心
也是洁白的
——是那种
温柔的滋润的无与伦比的
叫作圣洁的白

她是天的公主
她是神的爱女
拥有足够的超凡的高度
但为了爱
她从高度和低度上跨越过来
投进大地的怀抱——

依偎着大地

守候着大地

呵护着大地

就不愿离开

——直至融入大地

与大地一道

沿着阳光的道路

孕育出花朵

孕育出春天

北风——你就号叫吧

寒冷——你就肆虐吧

——你们

只能使她更加坚韧，更加洁白

（原载《中国金融文学》2017 年第 1 期）

‖ **作者简介**

薛志峰，中国金融作家协会会员，甘肃金融作家协会理事，现供职于中国人民银行甘肃崇信县支行。

七夕夜

■ 闫学诗

你走了，好远，好远；
千年，万年；
每一天，每一天；
一副扁担，两个箩筐。

这一夜，我等了千年万年；
这一夜，你怀揣万语千言；
天苍苍，你的身心历尽天庭暑寒。

那个千万年的约定；
一年一见，那个约定千年万年。
我额头的皱纹，刻下你的娇颜；
你的纤眉，锁上我的温暖；
两颗心，只为地老天荒的诺言。

你说，若再有从前，
你还会下瑶台辞祥云，推开柴扉，
在晨曦里，扫一扫院子里的落叶；
燃起炉膛的旺火，摇起织机，
听远处，老黄牛耕耘里一声长叹。

天规无情，你我被分割在银河的两岸；
世间有爱，全天下的喜鹊，
今晚全都集结在银河上。
银河里翻动着白色波浪。

今年风调雨顺；
今年四季安康；
不要出声，今夜的葡萄架下，
人间会听见你我的悄悄话；
明天摘下葡萄，都会酸酸甜甜。

天地有你，你我心里有彼此；
七夕的夜我在鹊桥上伸开双臂，
你织的布衣迎风而立；
一年一七夕，
每年的今夜，我要与你相见；
几百年，几千年，几万年。

（原载《中国金融文学》2015 年第 4 期）

‖ 作者简介

    闫学诗，中国金融作家协会会员，现供职于中
国建设银行甘肃省分行。

从北川，到北川

■ 张春燕

（组诗）

地震遗址

眼前

一根根断裂的钢筋

告诉我曾经承受的重压

让我听见一排排鲜活的肋骨

在重压下发出的响声

一处处断壁残垣

述说着曾经的天崩地裂

让我知道每一幢演出过人间温情的楼房

在灾难来临时的无力挣扎

幢幢坍塌的楼房前

庄重谨严的标识

这些弥足珍贵的北川记忆

提示我这里曾经的朝九晚五

曾经的快乐嬉戏或寻常光景

曾经的书声琅琅或鼓乐欢唱

楼前　一张张变旧变暗的照片

那些印在胶片上的热情与生动

让我想象他们的生活故事

他们的祈愿与遗憾

耳畔会响起

不同语调心绪复杂的声音

身边会涌动

活蹦乱跳姿态鲜明的身影

断墙缝里的生命

脚下　一块石碑上

赫然刻着

"地表破裂　地表地震断层"

那永远无法弥合的断痕

留在了土地深处

刻进了大北川、大中国、全世界的心

断墙缝里

树芽在风中轻扬

曾经的运动场上

青草在谱写成长进行曲

瓦砾堆、墙根缝、小河边

在清风和雨水可以走到的一切地方

很多生命在繁衍生长，在探头探脑

曾经远离的、飘飞的、沉寂的
杳无音讯的生命
凭借与天空和大地
与其他生命的天然联系
又聚集到了一起
感慨　抚慰　絮语

从北川，到北川

在空气中飘逸着花香
静穆中传递着关爱和问候的暮春
我们跟着一缕有香味有温暖的风前行
从记录着"5·12"震撼往事的老北川
到书写着　温馨故事的新北川

从北川，到北川
一条清风与绿荫对唱
黑油油敞亮亮的路
铺设了9年
铺进了全中国、全世界关注的目光
铺进了亿万双手、亿万颗心的温情抚摸
铺进了闪烁的泪光
和由衷的笑颜

从北川，到北川
视角在断垣与新居间变换

心灵在伤痛与欣慰间转换

春日里温煦的阳光

拂过浓绿的山顶

拂过凝视、怀想、稚嫩的眼睛

在新北川崭新的楼宇

和繁茂的花圃里

泛着抚慰的光焰

（原载《中国金融文学》2018 年第 2 期）

‖ 作者简介

张春燕，重庆市作家协会会员，万州区作家协会理事，供职于中国工商银行重庆万州分行。先后在《金融时报》《中国城乡金融报》《重庆日报》《中国金融文学》《海外文摘》《重庆文学》《金融博览》《城市金融报》《作家视野》等报刊发表作品 200 余篇。著有散文集《给日子抹上亮彩》。

穿越时光的智慧

■ 王　萌

我来自

遥远的大唐

一路驼铃叮当，风餐露宿

只肩负着

求得真经的使命与抱负

你贵为国王

春日秋千架上对爱的幻想

是少女最美的心事

从未想到

在这迢迢取经路上相遇

莫非

这就是前世的缘分

让我们注定相遇

并为此迷乱彷徨

莫非

这是佛给我们安排下的

九九八十一难之一

让我们饱尝缺憾去苦苦修行

终于

我跋涉万里

来到佛祖的西天

汗牛充栋的经典

真知灼见的交锋

满足了我对知识的渴求

大乘小乘

融会贯通

舌战群僧

口若悬河

丝路上的风沙

粗糙了我的肌肤

似渴的研读

终于让智慧之光

在我的心头闪烁摇曳

只有夜深人静时

我心底偶尔悄悄泛起

在女儿国与你相遇的涟漪

我多想变为一个普通男儿

与你终生厮守

在日复一日的平凡中

享受世俗的快乐

然而

前方

钟声在响

大唐的皇上

已经在洛阳

迎我

无数的典籍

在等着我将他们译成

解救众生

普度慈航的发愿

岂容儿女情长

千年以后

兴教寺的塔

成了我永久归宿

只将心事

付与

那千卷经书

穿越时光的智慧

在落满灰尘的典籍中

熠熠生辉

（原载《金融文化》2017 年第 2 期）

‖ 作者简介

王萌，中国金融作家协会会员，陕西金融作家协会副秘书长。现就职于中国邮政储蓄银行陕西省分行。

北风吹过

■ 张丽梅

四十年那么长
长到日夜更替
长到子孙绕膝
长到青丝变白发
长到无边落木萧萧声停
长到滚滚长江东逝水

四十年那么短
短到黑暗在黎明前赶上我
短到来不及打开那扇
通向屋后风景的老木窗
短到没能放出一只相思鸟
发动心底最憧憬的飞翔

四十年
真的太短
这么短的时间
怎就眼花了呢
我迟疑
北风吹过
吹丢了你的红头绳
那霞光般的笑
怎就成了一个老去的故事
——写满眼角
写着太多太多的"从前……"

从前
大漠边关风月
戍守年轻的心事
大红枣的情谊
让祁连山曼妙温情

从前
长河落日壮美
为一段群舞应景
五寸钢刀的红缨
让几百里走廊亢奋

北风吹过
吹得岁月扶摇而上
我怎就变矮了呢
常常要仰起头
才够得着一些人，一些往事

那是滋养过我生命的水啊

每当落日余晖
我想念那颗星
它是缀在一片葱绿中
用青春血洗过的荣耀
是用所有珠宝都换不回
我今生今世的红色爱情

嘉陵江水默默流淌
蓄满四十年后这个精彩桥段
几十双手握在一起的瞬间
接通近半世纪的分离
共同一个心跳

我亲爱的战友
记住戈壁荒漠的风沙
记住雪域冰城的风景
记住平原大地的悲怆
记住被风吹过

记住
一双调动音符的手
怎样停止在进行曲中
让一个秋天目光呆滞
记住
那把搔琴所指的远方
一个跋涉者
坚定的身影和灵魂的歌唱

还要记住

一双红舞鞋舞到了天堂

我们所有的挂牵

化作了永远的诗行……

北风吹过

吹不去青春的记忆

吹不去一杆军旗在心底飞扬

我是北方的小兵

是北风吹来的蒲公英

是大地最浪漫的绽放

收藏一生的骄傲

只为嘉陵江的相聚

有生之年

致敬我亲爱的战友

致敬我的青春时光

（原载《中国金融文学》2016 年第 3 期）

作者简介

张丽梅，中国金融作家协会会员，河北省作家协
会会员。供职于交通银行河北省分行。1978 年开始
诗歌及散文随笔等创作，在各级报刊发表多篇文学作
品。1982 年组织创办河北金融界卜卜星诗社并任社长、
副主编。著有诗集《秋天的扶摇》《三色手镯》，曾
为《燕赵晚报》《都市生活报》专栏作家。

蝉在树上执着地鸣叫

■ 马俊玲

（外一首）

蝉在树上执着地鸣叫

仿佛向世界庄严宣告

短暂的生命也要美好

不能够拒绝爱的怀抱

热烈的情怀在盛夏里燃烧

沸腾的血液里流淌着

情感的波涛

展开博大的臂膀

迎接柔情的环绕

打开多情的双目

灵魂与灵魂相交

人生不再黯淡寂寥

生命中有多少时间

能够歌唱舞蹈

生活里有多少机会

可以快乐欢笑
心海中有多少瞬间
产生强烈心跳
走过岁月的羊肠小道
千百次磨砺
把爱的神箭铸造

怎么能够逃离伤心
不再给爱穿上外套
不管明天魂飞香消
只想今朝相知拥抱
听得见噗噗心跳
激情的暗流汩汩滔滔
分明有强烈的震撼动摇
怎么能够压抑遏制
给心脏插上锋利的钢刀
可知心心相印的煎熬
使两个灵魂一起焚烧
仿佛世界的末日已到
连地狱的牢门一起毁掉

默默的守望
是神奇的灵丹妙药
轻轻的嘱托
是幸福的短语心聊
淡淡的微笑
是真挚的爱恋发表
静静的思索
是相思的红豆品调

就这样细细地享受爱情

和你一起慢慢变老

就这样傻傻地等

就这样傻傻地等

相思的刀很钝

却割得很痛很痛

伤口不可愈缝

血液滴滴未穷

慢慢消尽生命

悄悄地筑起坟茔

直到灵魂出窍，

肉体埋进青冢

就这样傻傻地等

熬过了长夜再熬天明

熬过春夏秋冬

花已凋谢，叶已飘零

青山依旧在

涛声依旧洪

就是月亮总在天上朦胧

就是你总在梦里停留

（原载《中国金融文学》2017 年第 3 期）

‖ 作者简介

- -

　　马俊玲，笔名有梦，陕西铜川人。中国金融作家协会会员，陕西省金融学会理事，陕西省诗词学会会员，铜川市诗词学会副秘书长。现就职于中国工商银行铜川市分行。

- -

第二辑

古体诗

秋兴

■ 唐双宁

如梦令·母校校庆

辽海擎天一树，万里叶归寻故。
岁岁绽群芳，犹记落红无数。
无数，无数，情在春泥深处。

调笑令·狂草

狂草，狂草，人醉地颠天倒。
风疾风乱欺松，纸上纸下舞龙。
龙舞，龙舞，一笔荡平秦楚。

长相思·秋日感怀

秋归来，雁归来，岁岁年年晴里排。天宽任剪裁。
青丝埋，雪丝埋，暮暮朝朝顶上白。心清品自抬。

相见欢 · 梦中秋

恍惚一梦床头，又中秋，十载圆缺多少喜和忧？
夜难寐，婵娟泪，未空流。堪慰终圆顶上小银钩。

新韵南歌子 · 双节长假遍游京城艺术展馆

一

双节千家飨，三秋百户闲。
随波老朽假八天。
鬓发霜凝莫再悔流年。

二

人似叠千浪，车如列万船。
汪洋一片对谁言？
遍览京华大雅不骚难。

三

回望青灯苦，今瞻古卷甘。
图出千里好江山。
词赋前人留与后人谈。

四

水墨清双目，丹青润脾肝。
归程每每驾云烟。
一醉飘摇无酒大神仙。

（原载《金融时报》2017 年 10 月 20 日）

‖ 作者简介

唐双宁，曾任中国银监会副主席，中国光大集团股份公司董事长、党委书记等职。中国金融文联、中国金融书协、中国金融美协、中国金融作协名誉主席，中华诗词学会顾问，中国楹联学会名誉会长，中国书协会员，李可染画院名誉理事长、研究员，享受国务院特殊津贴专家。其书画作品多次在国内外展出，并曾在清华大学、北京大学等院校举办艺术讲座。

古书家五首

■ 郭永琰

王羲之

师法钟张博众长，楷行飞草似鸾凰。
激情挥就兰亭序，妍美辞章翰墨香。

注：钟张，钟繇、张芝。

颜真卿

义胆忠肝发笔严，雄浑庄厚品超凡。
行书祭侄神飞动，妙在苍凉沉郁间。

欧阳询

古隶风姿气度森，穆浑险劲法精淳。
九成化度千秋楷，初唐四家第一人。

注：初唐四家，欧阳询、虞世南、褚遂良、薛稷。

怀素

万株蕉叶作书笺，勤学精研漆砚穿。

字字飞扬称醉素，龙蛇走笔赛张颠。

注：张颠醉素，张旭、怀素。

柳公权

正笔正心未必真，右舒左紧体清纯。

长安贵胄金难买，玄秘楷书稀世珍。

（原载《中国金融文学》2017 年第 6 期）

‖ 作者简介

　　郭永琰，湖北省随州市人，毕业于北京师范大学艺术系，1978 年 12 月服役于中央警卫局 8341 部队，2001 年调至中国金融工会，历任组织宣传部副部长、组织部长、宣传教育部长等职。中国金融文联副主席兼秘书长，中国金融书法家协会主席，中国文联全国委员会委员，中国书法家协会会员，中华诗词学会会员。其文学作品发表于《人民日报》《解放军报》《金融时报》《北京日报》《中国金融文学》《中国金融文化》等报刊。

诗词五首

■ 李劲

青檀寺咏青檀

满山云石拱前川，岩隙无门根自悬。
专向贫冈寻厚爱，独求绝地得缠绵。
生机但赖能持久，好雨飞来化紫烟。
不枉新枝成老干，牵藤自暖岂由天。

大巴山

大巴山内二千峰，褪去秋装几抹红。
万木含青奔上岭，春江一碧下川东。
天关半矗蛮云外，鸟道斜插瘴气中。
说尽英雄千古事，西南料定夜无风。

采桑子·抵确山过靖宇故里而怀之

山河破碎国人泪，天地同悲。局势垂危，却道狼烟万里吹。

将军仗剑出关外，飞雪督师。喋血难炊，誓灭东洋志不移。

虞美人·秋

风吹枫叶仲秋好，林外斜阳扫。山间暮色晚亭朦，清冽曲溪岭下自言中。

余欢未尽人犹在，暑热无端改。有心邀月月难知，遥望长空欲宴旧亭池。

南乡子·淝水畔凭吊古战场

数路下扬州，刀箭成林鞭断流。试问长江宽几丈，溪沟。两岸相闻马步收。

西线战方休，东线烽火燃寿州。鼙鼓广陵北府怒，群仇。草木皆真不夜洲。

（后三首原载《金融文学》2013 年 5 月号）

‖ 作者简介

　　李劲，四川省泸州市人，中国作家协会会员，中国金融文联全国委员会委员，中国金融作家协会副主席，《中国金融文学》副主编。现供职于中国人民银行总行。著有散文集《本性难移》《鸟意》，长篇报告文学《兵出国门》，散文诗词作品《李劲自选文集》和诗词集《不忍东风眉眼开》。

兰花颂

兰香一缕泌诗魂，半卷湘帘半掩门。

不与春华争烂漫，但逢花处醉金樽。

高树冠春风

京韵画楼东，淡云疏月空。

清心鉴明镜，旌旆拂晴虹。

蕴藉寒香秀，煦涵暖意融。

阳光滋浅碧，高树冠春风。

恋春惜夏

南国熏风惹暑开，蝉蛙鼓噪欲登台。

烝然汕汕鱼波漾，倬甫洋洋麦浪催。

除却繁花转苍翠，放教高樾正峣嵬。
恋春惜夏思无尽，流逝时光不复回。

端午记

清晨细雨润京城，万众声声同唤名。
香粽沉江祈夙愿，龙舟赛水寄哀情。
灵均千古忠诚在，楚地多年气节成。
今日思亲两重义，韶华不负感怀生。

（原载《草堂》诗刊）

作者简介

　　欣欣向荣，本名王新荣，中国金融工会全国委员会委员，中国金融文联全国委员会委员，中国金融作家协会副主席。先后在《中华辞赋》《火花》《金融时报》《中国金融工运》《中国金融文学》《中国金融文化》《金融文坛》《雷锋》等期刊发表多首古体诗和现代诗歌作品。

又过野趣沟

青山微雨润，林静桂风熏。

藤紫引香蝶，棉红照日曛。

飞花诗佐酒，泼墨笔生春。

不觉三更晚，情豪气遏云。

夏日大梨树采风

岚烟一抹绕溪村，淡笔轻描画未匀。

十里棠梨莺剪影，半池莲藕鹭摇身。

华灯点亮山乡夜，浊酒浇狂野鹤人。

且放幽情遥寄梦，清辉水韵荡心尘。

个园重游

屡次筇园愧少思，只缘未到纵情时。

风敲灵岫韵轻吻，竹拂袅烟尘远驰。

共赏霜枫因酒劲，独亲碑碣为联痴。

新朋旧雨今欢悦，浮梦重寻又续诗。

踏莎行·讲授书法感悟

老竹扶风，长毫垂露，年逾花甲当师傅。执鞭彤管走
龙蛇，六书八法融狼兔。

松雪刊碑，楷真学步，临池染墨无朝暮。三更灯火五
更鸡，真经每在痴迷处。

水调歌头·野趣沟

才别西樵雨，又沐桂山风。梅开三角，竹林深处隐丹枫。
野径萦纡幽谷，湍瀑升腾薄雾，老峪拜梅翁。疑入桃
源境，客走画图中。

石灵秀，水澄碧，树茏葱。骚人拈句挥笔，舒景荡襟胸。
溪柳桥边观鲤，筇阁飞花佐酒，醉里遣春慵。回首岭
南路，霞霭染苍穹。

(原载《中华辞赋》2018年第5期)

‖ **作者简介**

　　范振斌，网名寄傲南窗，辽宁辽东人，毕业于东
北财经大学。中华诗词学会会员，中国楹联学会会员，
中国金融作家协会理事，中国硬笔书法协会理事。现
任《金融文坛》常务副主编。著有诗词集《诗风墨韵》
《闲情漫记》，诗词书法专著《古诗100首中性笔行
书字帖》《诗经名句行书字帖》。

黄州四时风景五首

■ 龚仲达

春到遗爱湖

暖流渐渐替寒流，云影波光分外柔。
堤上岂无新气象，眼前哪有旧沙鸥！
澄湖静染霞千顷，明月平添梦一楼。
再读东坡寒食帖，蚁民何患老黄州！

江村初夏

荼蘼开过再无花，竹树葳蕤荫万家。
贴水荷钱珠露散，绕梁归燕影儿斜。
枇杷初见茸毛果，翠蔓新生小刺瓜。
红瘦绿肥皆定数，何须春去赋悲嗟！

临皋仲夏

绿阴万树没亭台，灼灼南风入酒杯。
梅趣经春冰作水，樱花回首雪成埃。
翩翩白鹤歌联舞，渺渺云帆去复来。
欲问紫薇言又止，去年今日可曾开？

望江亭远眺

觅句西楼独倚栏，纷纷归雁过吴天。
霞蒸海曙云帆动，影摄星河好梦阑。
苇雪浅藏南浦月，菜薇半露九秋寒。
烟波尽处桃花岛，宛在盈盈一水间。

冬日龙王山

偷闲周末出穷庐，冬日晴和暖若酥。
流水澄明天远大，寒山清瘦树稀疏。
涟漪淡定三江静，苇雪惊飞一鹭呼。
又喜寻回诗两句，几杯小酒好当炉。

（原载《中华辞赋》2017 年第 8 期）

▎**作者简介**

龚仲达，湖北蕲春人，中国金融作家协会会员，供职于中国农业银行湖北黄冈分行。《中国金融文学》古体诗专栏责编。在《人民日报》（海外版）和《中华诗词》《中华辞赋》《中国金融文学》《星星诗词》等报刊发表有小说、散文、诗歌。著有散文集《那花那果那阴凉》、诗词集《月下清泉吟稿》，多有获奖。

诗词五首

■ 田莘云

寻师（新韵）

闲抱一壶酒，诗应不染尘。

心绳牵日月，玉管探昆仑。

世路深深浅，人生假假真。

秉灯寻老子，修道觅师门。

（原载《中华辞赋》2017 年第 5 期）

和友人

一

采桑子慢怯耽迟，沾沐东风第一枝。

秋夜雨来渔父引，阳关曲奏庆云驰。

玉阑杆挂千寻月，陌上花开万斛诗。

烛影摇红如梦令，画堂春里国昌时。

二

旗手文星擎不迟，超唐迈宋植云枝。

阳春有听三江和，骏马无催五岳驰。

大道山前开玉境，小康楼上煮雄诗。

甘霖如注倾天碧，应是骚人圆梦时！

三

十二峰前瞻未迟，昆仑岳立绽琼枝。

钧天钟鼓长天振，瀚海风云心海驰。

道接尼山磨古剑，笔生江水拂弦诗。

骚人圆梦今临幸，翘首均沾化雨时！

（原载《中国金融文学》2017年第2期）

龙驹园品茶

一杯龙井一重天，碧玉如兰荡紫烟。

酒不醉人茶醉我，壶公邀去做神仙。

（原载《中华诗词》2018年第1期）

望远行·春播

杜宇声声碧野啼，莺开金嗓柳披衣。

香牵彩蝶觅花溪，牛鞭抽响五更鸡。

耕南北，种东西，满田新梦绿云栖。

霓虹桥上小夫妻，桑林姑嫂摘晨曦。

（原载《中华诗词》2016 年第 2 期）

行香子·游天堂寨、龙潭河瀑布

跃上苍穹，四顾葱茏。登绝顶、我即成峰。纵观吴楚，
浩若衡嵩。看云吞雨，雾吞路，气吞虹。

巉岩威武，鹃花放荡。杜宇啼、碧水淙淙。浪桥横渡，
飞瀑灵通。更天留画，画留我，水留龙。

（原载《中华诗词》2011 年第 12 期）

作者简介

田幸云，女，湖北蕲春人，中华诗词学会、中国
金融作家协会、湖北省作家协会会员，供职于湖北蕲
春县农村商业银行。作品散见于《中华诗词》《中华
辞赋》《鄂州日报》《黄冈日报》等报刊和人民日报
网络版，著有诗集《香芸韵》。

春思

■ 李明军

乘月游天碧，神龙驾梦中。
九仙春逸曲，一夜海疏风。

冰解红曦暖，枝繁蓓蕾隆。
杏开花阵首，燕剪柳城东。

自是吟长志，何须叹寸衷。
摇身成岳客，躇步向春宫。

远谷衔青草，凝眸倚玉枕。
信传玄燕醒，声迹雪鸿融。

举目层山远，遥心旭日终。
高崖攀险耸，常景买忧忡。

策马行青嶂，披风落玉弓。

去心三昧道，回首一时同。

昨夜梨花雨，新添白发翁。

朝华常虑逝，满地落千红。

（原载《中华辞赋》2018 年第 11 期）

‖作者简介

李明军，笔名穆雨菲，满族，河北青龙人，供职于河北省青龙县农村信用联社，中国金融作家协会会员，中华诗词学会会员。作品散见《中华辞赋》《中华诗词》《诗词月刊》《星星·诗词》等杂志，部分作品入选《中国网络诗歌史编》《中国当代诗人词家代表作大观》等选本。

诗词五首

■ 夏爱菊

故 乡

翠柏青松处，鲜花绕屋妍。

清泉飞曲径，薄雾漫重峦。

蝶戏枝间舞，鱼游水底欢。

何来仙境地？那是故家山。

（原载《中华诗词》2011 年第 12 期）

罗田八景之横堤烟雨

春光拂柳堤，烟雨罩前溪。

有寺闻香火，无钟听晓鸡。

临河凭钓下，盟鹭任飞齐。

花不分南北，何须界竹篱。

（原载《中华诗词》2011 年第 12 期）

登麻城龟山见红杜鹃开

春风领我步峰巅，数度迷踪误作仙。

叠绿云霞迎面笑，怜红蛱蝶绕衣翩。

天株十万情何壮，日客三千花未闲。

且待来年重与约，吟诗把酒再相看。

（原载《中华诗词》2011 年第 12 期）

读独解先生《点亮心灵的灯光》

点亮心中一盏灯，世间何处不光明。

青山叠叠花迎日，绿水溶溶鱼绕星。

我为他人人为我，莺怜春树树怜莺。

硝烟散尽祥云驻，工作农耕书朗声。

（原载解放军《红叶》诗刊 2018 年第 2 期）

红 日

——庆祝中国共产党成立 97 周年

巨舰南湖导远航，茫茫黑夜吐晨光。

燎原星火魔惊惧，标帜锤镰民武装。

八一春雷风烈烈，秋收队伍气昂昂。

打豪斗阀群情激，丈地分田农友忙。

合力反围拼暴敌，挽危清左正前方。

井冈山上相闻鼓，遵义城头统领枪。

二万征途驱黑暗，满腔热血打豺狼。

为联国共鸿门走，继咏英雄锐志彰。

灭蒋辽津迎解放，挥师天堑跨荆江。

东西南北莺歌舞，老少中青喜气洋。

历历哀愁成过去，泱泱禹甸始荣昌。

没收垄断官资本，改造私营业主商。

扩大规模抓建设，攻坚科技固边防。

援朝胜美声名赫，刮目舒眉虎豹慌。

瞄准同行学先进，勇争首位赶超强。

蘑菇云起硝烟馁，机器隆鸣封锁亡。

反霸维和匡正义，除贪清腐杜肮脏。

旗升纽约冠华笑，宾拜毛公书屋香。

主席骄儿丧前线，贫穷百姓做平章。

峰川记得恩情重，鱼水交融沧海襄。

责任承包连户组，谋求发展富城乡。

抛鞋摸石特区起，捉鼠夸猫效益创。

频耸琼楼栽绿树，广修公路达芜荒。

出乘车辆观清景，食有佳肴话小康。

白鸽翩翩花款款，书声琅琅貌堂堂。

飞船屡次访蟾月，导弹全程卫域疆。

港澳回归终雪耻，陆台一统更兴邦。

赈灾犹显制优越，安定方能家吉祥。

奥运环圆鸟巢处，当今品览博园场。

华人比犬羞铭世，林苑除虫鉴闯王。

右臂高悬言刻骨，葵花竞放面朝阳。

和谐社会千般好，锦绣乾坤无限长。

（获 2011 年 7 月中共中央组织部老干部局《当代老年》
杂志社征文一等奖）

▌作者简介

夏爱菊，女，中华诗词学会会员，中国金融作家
协会会员，东坡赤壁诗社副会（社）长，供职于中国
工商银行湖北黄冈市分行。出版诗词曲联集 8 部。

■ 王志祥

词五首

八声甘州 · 致友人

问长川何处是终头？着我一扁舟。念少年侠气，风华正茂，挥斥方遒。卅载霜摧雨沥，潮叠寄蜉蝣。岁华尽摇落，天地悠悠。

梦醒时分身冷，纵云帆壮志，满腹鸿猷。奈冯唐易老，李广难封侯。抚丝桐，清茶淡酒；倚南窗，润海觅春秋。不思量，匆匆过客，恰似江流。

清平乐 · 纪念"七七事变"77周年

晓月，一夜硝烟黑。拼却头颅和热血，誓死保家卫国。

西洋不似从前，东洋依旧凶残。亡我之心不死，岂能马放南山？

沁园春·读《东周列国志》有感

战国春秋，英雄辈出，竞显风流。倚夷吾辅佐，齐桓问鼎；长卿相助，阖闾称酋。张仪连横，苏秦合纵，逐鹿中原策未休。流亡客，令楚王暴野，勾践蒙羞。

权臣将相王侯，较诸子无非一蚁蝼。想庄周梦蝶，谓之物化；孔丘论语，诠释真由。道法天然，儒崇礼义，教化方能定九州。东周史，恰中天日月，光照千秋。

望海潮·寄居武汉

九省通衢，千湖都会，江城日益繁华。广厦万间，楼高百丈，满街尽是人车。火树绕银花。激光射天外，夜赏云霞。酒绿灯红，宦商公子竞豪奢。

嚣尘貌似清嘉。恰相逢萍水，人迩心遐。左舍右邻，层楼上下，谁知李氏张家？咫尺似天涯。人情如纸薄，冷漠堪嗟。最是黄昏日下，倚户看阳斜。

满江红·端午节

粽子飘香，今又赏、端阳佳节。看处处，鼓声动地，旌旗猎猎。艾叶熏蒸驱浊秽，龙舟竞渡争优劣。似新年，起舞弄平升，雄黄设。

直臣事，何人说？离骚曲，歌还咽。寄哀思追远，怎生欢悦？把酒长江东逝水，遥望荆楚西倾月。问苍天，国是有疑难，谁关切？

（原载长江文艺出版社《溪水清流——王志祥诗词选编》）

作者简介

　　王志祥（1962—2017），湖北省浠水县人，1981年参加银行工作，曾任中国农业银行湖北浠水县支行行长，黄冈市分行行长，武汉市分行党委副书记、副行长。中国金融作家协会会员，《中国金融文学》古体诗栏目责任编辑，作品散见于《中华诗词》《湖北日报》等报刊。2017年8月因病去世，存诗词集《溪水清流》。

诗词五首

■ 廖有明

古风 · 抚仙湖

万山环抱水一汪，浩渺百里气若虹。

滋润三县功不没，洁净星云自成蹊。

孤山岛静白帆动，康浪鱼鲜食客馋。

云贵高原一仙境，驻车小歇亦流连。

（原载《金融时报》2010 年 8 月 27 日）

古风 · 题杨君水墨画展

年少才艺不一般，几多佳作赴展览。

五尺画坊与君伴，三更时分润笔酣。

渔翁皱眉入画里，桑妇风韵凝笔端。

深悟创作循规律，源于生活永不衰。

（原载《金融时报》2016 年 2 月 26 日）

古风·虎丘山素描

一马平川罕见山，突兀名胜视人寰。

钟灵毓秀两百亩，玑景珠观卅六间。

海涌桥低连四水，宝塔斜高接九天。

剑池墨宝依旧在，今朝吴越无硝烟。

（原载《中国纪检监察报》2008 年 4 月 5 日）

自度曲·锡林郭勒草原写真

一马平川，地连天，成群牛羊阙点。水清云淡，极目
望、尽是低峦叠翠。鲜花遍开，莺歌燕舞，尘屑无踪迹。
昨夜倾盆，换得碧空如洗。

慕名置身绿洲，蒙包听新曲，踏青赏蕊。羊席风味、
独特，尽兴畅饮三杯。留影驼峰，席坐马背，观日渐
西垂。返程时光，又逢雷鸣雨泻。

（原载《金融时报》2003 年 10 月 17 日）

自度曲·庆祝共和国 60 华诞

筚路蓝缕，走向共和，辟地开天。展白纸一张，可画
宜写；崭新政体，废弃前朝。改革地制，奠基工业，"四
化"蓝图初绘就。却叹息，遭十年动乱，成果险夭。
改革开放起锚，古老华夏涌动春潮。

看沃野万顷，披绿叠翠；百业兴旺，刷新指标。重构
体制，迸发生机，国力跃升冠前茅。九州愿，盼中华
崛起，人间正道。

（原载《金融时报》2009 年 9 月 25 日）

‖作者简介

- -

　　廖有明，湖南省湘阴县人，中国银保监会《中国
农村金融》杂志社原党委书记、社长，中国毛泽东诗
词研究会常务理事，中国金融文联全国委员会委员，
中国金融作家协会副主席。

- -

高阳台·咨询十年句

■ 蒋志华

冬雪春花，悠悠十载，钱塘江晚归船。问月何时？宛然花甲之天。气存三寸何高老？难顾休、思砚磨穿。访民生、山海奔波，捉笔深渊。

人生一渡知何处？但星帆点点，学海无边。交友闻师，寒枝栖满群贤。雷峰夕照依然是，借扁舟、醉泛忘年。掩重门，两袖清风，一抹秋烟。

（原载《诗刊》2014 年增刊）

‖作者简介

　　蒋志华，浙江省宁波市人，中国金融作家协会会员，浙江省作家协会会员，浙江金融作家协会名誉主席，曾任中国农业银行浙江省分行行长、党委书记，发表诗词多篇（首），出版诗词集《清风吟草》《九峰闲草》《步月随草》《流岁词草》等。

光影辞韵五首

■ 任光中

沁园春 · 惠州西湖春晓

春霁方晴，薄雾初开，水色共天。看长堤新柳，孤山
陈迹；花洲白鹭，水榭红棉。古塔林幽，曲桥点翠，
尽是儿时欢乐园。登高望，叹西湖渐瘦，广厦连绵。
家乡别久新颜，见巷陌通途多变迁。忆晨操健步，夜
吟长卷；东坡砺志，西子摇船。逐浪追波，栉风沐雨，
岸阔潮平悬远帆。归航日，蘸一湖春色，写满诗笺。

满庭芳 · 西江千户苗寨

晓色微明，烟轻雾薄，古寨初沐晨光。竹枝摇翠，新
绿染西江。只道蚩尤后裔，刀火种、拓土成疆。沧桑远，
遗风犹在，千户大苗乡。

悠扬，歌远近，层楼次第，错落檐窗。看白水河边，座座桥廊。唯叹男耕女织，今遍是、客栈行商。霓虹夜，风情只剩，糯饭就酸汤。

水调歌头· 宏村夜拍老屋情

瓦屋对明月，独自暗伤神。为何天上宫阙，亘古葆青春？忍见身前池水，总照容颜憔悴，岁月不饶人。世上浩繁事，丝缕印墙痕。 细思量，常记起，久欢欣。何方广厦，堪比乡土故居亲？都望儿孙远走，却盼堂前聚首，千里念深恩。老屋百年久，游子梦常新。

踏莎行· 晨雾山村

夜色方消，晨辉未照，步轻惊犬声声叫。一身披挂已齐全，山行始觉无温饱。
酣梦沉沉，薄纱袅袅，粉墙黛瓦枫林老。深山莫道客谁知，小村自有人来早。

虞美人· 盘锦印象

辽东一夜秋风起， 鸣鹤添诗意。无边芦荡泛青黄，几度疑闻江南稻花香。
路旁摊档排成列，询价知肥蟹。问君再饮几多杯？情到浓时酣畅醉方归！

（原载《光影辞韵——任光中诗词影作品》，2012 年海天出版社出版）

‖**作者简介**

任光中，中国作家协会会员，中国金融作家协会理事，就职于中国工商银行深圳分行。有多种文学作品发表于国内报刊，曾获"华夏杯"中国金融文学奖诗歌奖。

七律五首

■袁宏伟

六十周年区庆有感

结彩张灯市景萌，中秋华诞喜相迎。
匾尊期许家国梦，榴籽遥牵边塞情。
发展犹惊热方冷，打防已惯重还轻。
南疆心事寻常态，微信悄悄问拜城。

玉其塔石草原行摄有记（新韵）

行摄当逐六月风，冰峰牧场草初萌。
朝夕霞色勾魂里，花海牛羊幻梦中。
西域边防无大碍，南疆心事有几重。
将军夜话和田事，更说劳师意未穷。

和诗词吾爱诸诗友

携来紫气越重关，客对天山两凛然。
自古高昌横汉戟，从来哈密不胡天。
眼前青史风流过，身后南疆淡定谈。
煮酒夜阑犹血热，梦回但唱斩楼兰。

有感反恐维稳组合拳（新韵）

霹雳罡风势未疲，沉疴猛药转新机。
铲除腐败挖毒草，打控极端铸铁篱。
调干如流星夜动，问责似杵角声急。
落实国策局才破，稳住南疆事可期。

吊公安一级英模反恐英雄于天华

反恐寻常守要津，援疆两度见情真。
弯弓已踏英雄路，衔命宁抛汗血身。
敢向阴曹除恶鬼，悔教豪杰愧佳人。
靖边自古轻生死，祭酒千杯且洗尘。

（原载《金融时报》）

作者简介

　　袁宏伟，网名老袁寒山，四川乐山人，中国金融文联委员，中国金融作协会员，新疆诗词学会会员，供职于中国农业发展银行新疆区分行。在各类媒体发表诗词、散文作品，出版诗集《往日情怀》。

词五首

孔晓华

凤凰台上忆吹箫·咏得半山庄

碧水盈盈，兰舟轻荡，喧荷摇曳清香。绿野仙踪景，
得半山庄。古木枝繁蔽日，竹林翠、杨柳淹塘。亭台秀，
奇花异卉，碧草芬芳。

徜徉。木屋浪漫，院落隐峰峦，雅韵长廊。水车风轮转，
婉笛声扬。阡陌紫霞漫漫，金秋爽、旖旎风光。夕阳下，
鸳鸯对对，白鹭双双。

蝶恋花·元宵节夫子庙观灯

正月元宵佳节到，十里秦淮，游舫波中绕。喜气洋洋
夫子庙，人山人海人欢笑。

火树银花栽满道，楼榭亭台，五彩缤纷貌。换盏推杯
歌舞妙，诗情画意花灯闹。

如梦令·暮秋

丝雨黄昏秋暮，落叶潇潇舟渡。碧水渺云长，芦苇荻花薄雾。眸处，眸处，腾起一双鸥鹭。

江城子·清明梦寄

柳丝摇曳绿清明，晓风停，断肠行。燕掠青坟，无语话凄情。又是一年孤影度，心中憾，与谁听。

梦中相望泪盈盈，忆卿卿，诉仃伶。执手依依，何处步芳亭。雨打梨花魂戚戚，亲不见，已天明。

蝶恋花·江南梅早（新韵）

绿雨江南梅蕊绽，姹紫嫣红，疑似流云幻。芳草萋萋云淡淡，暗香盈袖花枝颤。

古韵金陵春烂漫，碧水青山，伞下依依伴。玄武泛舟杨柳岸，小风明月芳心憾。

（原载《中国金融文学》2017 年第 3 期）

‖作者简介

- -

孔晓华，女，笔名媚人鱼，中华诗词学会会员，中国金融作家协会会员，江苏省金融作家协会理事，江苏省诗词学会会员，供职于中国银行江苏高淳支行。作品见于《中华诗词》《中国金融文学》《中华散曲》等报刊，并有多篇作品被编入《当代诗词集》《当代诗人词家作品汇编》《当代诗人作品精选》，曾获第三届诗词世界杯大赛一等奖等奖项。

■ 李宝

词三首

鹧鸪天·九江八里湖

虽近匡庐懒入山，泛舟吟啸白云间。惯看樟影邻椰影，
谁辨湖滩或海滩。
归岂易，醒尤难，晚潮听处尽笼烟。送行鸥鹭多情甚，
已许新盟不肯还。

临江仙·春来等约

九九拼图终画尽，算来难避严冬。望中冰雪未消融，
新衣穿尚厚，花事问还空。
闻道岭南春最早，腊梅随处香浓。倚窗遥待一枝红，
阿谁千里外，约我共东风。

鹧鸪天·咏姚黄牡丹

骀荡东风袅娜香，花冠二尺著明黄。笼烟嫩蕊如新浴，
起舞风姿似大唐。

欺彩蝶，笑沧桑，重回盛世自堪狂。任他频换河山主，
不改千秋霸洛阳。

（原载《诗潮》2018 年第 4 期）

‖作者简介

　　李宝，网名秦绍遥，河北省唐山市人，中华诗词
学会会员，现供职于中国建设银行河北唐山分行。

诗词五首

■ 李孟书

玉蝴蝶·文风览古

笔墨叠峰逶迤，文风竞秀，青史流芳。各有千秋，堪比翠玉华章。汉司马、唐韩柳杜，宋轼子、清代康梁。应悲伤，故人微逊，毛氏辉煌。

悠扬。双璧史学，散文骈体，任意弛张。赤壁豪情，未成功业两茫茫。整文风，革除八股，风雅劲、穿透昂强。度宏量，大鹏春雪，覆盖斜阳。

七律·征 程

征程半辈自心扪，骏马扬鞭唯独尊。
肝胆生来相照日，乾坤从未敢忘根。
纵横万里挥长袖，总揽千秋缚大鲲。

翰墨腾香依眷恋，丹青史籍载民恩。

（前两首原载《诗词世界》2016 年第 9 期）

鹧鸪天·获荣誉有感

荣誉前来百感生，灯红酒绿未钻营。竞争同业流金铸，
战略图谋圆梦成。
勤奋勉，忆征程。文章探索寄心声。填词摄影新常态，
秋蚓春蛇慰自馨。

卜算子·山峰

开天辟地来，留作攀登处。万丈深崖绝壁飞，鸟戏花
香许。
呼啸任风云，圆梦丹青予。古往今来挺傲然，饱览寒
凉暑。

桃花冲人家

小楼坐落一山冲，傍水依山丽日曈。
绿柳夭桃兰草艳，黄莺暖树杜鹃红。
边沟绕菊流灯外，阑夜繁星入画中。
独立桥栏溪伴唱，谁人不道胜仙宫。

（后三首原载《东坡赤壁诗词》2016 年 1-5 期）

作者简介

李孟书，中华诗词学会会员，中国金融作家协会会员，曾任中国建设银行湖北黄冈市分行副行长，现任野草诗社副理事长。著有《孟书诗草》《孟书文草》《孟书诗文草》等专辑，2017年被湖北省中华诗词学会授予"荆楚诗坛中坚"称号。

古风·延安行（五首）

■ 胡玉明

（一）参观南泥湾大生产展览馆感怀

敌军封锁未生悲，自力更生破重围。
将军先身留美誉，丰衣足食树丰碑。
南泥湾上添风采，三五九旅展雄威。
当年垦荒花烂漫，一曲赞歌放光辉。

（二）陕甘宁边区银行纪念馆感怀

巍巍宝塔举目收，至今豪气耀春秋。
苏区政府兴伟业，国家银行展宏图。
传薪播火根据地，泽民足迹永传留。
岁月有情来圣地，精神永存共唱酬。

（三）瞻仰聂荣臻元帅纪念馆感怀

功勋卓著谱华篇，航天科技更无前。

巴黎铁塔开宏愿，黄埔军魂勇争先。

逆境人生勤探索，丹心似火未茫然。

南征北战名远播，一星两弹尽开颜。

（四）瞻仰延安西北局纪念馆感怀

风雨如磐济众生，青铜铸就西北魂。

中华崛起千秋在，祖国腾飞万古尊。

心怀天下都成爱，身去红尘有威名。

俊骨神凝堪叫绝，长歌浩荡忆昆仑。

（五）瞻仰西安八路军办事处旧址

七贤山庄入眼明，长空万里一天晴。

云开眺望神思远，风静欣观伴游情。

当年八路谁寄意，英雄万古有虎城。

遥忆罗汉前贤赋，一片痴情颂汉卿。

（原载《中国金融文学》2017 年第 3 期）

‖作者简介

    胡玉明，中国作家协会会员，中国金融作家协会理事，湖南金融作家协会名誉主席。供职于中国银监会湖南监管局。

河传·抚筝二题

月小。风裛。春残梦老。子规芳草。小篷窗下指生凉。点香。绕琴飞凤凰。 鲁弦洛柱商音古。手翩舞。捻入兰花渚。几多思。梦不知。太痴。夜阑张素丝。

流水。花蕊。飞香点翠。素妆闲倚。凤筝三尺牡丹红。夜浓。去年人不同。 黯然雁柱轻斜举。对谁语。滴滴江南雨。袖空寒。月似烟。柳绵。恍栖风露天。

双双燕·七夕前一日黄昏阳台有双燕来栖

有双燕子，仄天半微云，眇然秋背。飞来做伴，且不管人憔悴。栖上玄衣翠尾。低昵语、量山丈水。移时绿暗香销，白遍鱼波江苇。

千里。风寒雨滞。但羡尔无愁，此生欢喜。迢迢程驿，簇拥小巢清事。争说恹恹归计。莫怪我、窗棂儿底。空是负了襟前，一片瓦蓝似洗。

忆旧游·公历元日溱潼水云楼芸香社雅集分韵得台字

怅云箫洄水，梵铁叮霜，波外城垓。碧焰惊离乱，记沾衫客恨，付与尘埋。夜深暗敛人语，星淡月无埃。剩幻影虹绦，矜心海气，总是余哀。
幽怀。百年去，但酒帐灯帷，还补空斋。莫仗撩天笔，甚秋虫春鹤，艳息花胎。纵教故纸堪证，沦落尽仙才。更眼底茫茫，苍葭乱雪侵露台。

木兰花慢·清秋游白鹿洞书院感怀

正娜嬛片玉，向秋涧、肃霜痕。看苍桂耽云，残碑负雨，秦火三焚。千春。纵衣钵在，算韦编绝代恸精魂。摇落空庭柏子，碧霞半掩松门。
清尊。酺梦成尘。弦诵起，绕彝伦。问麋鹿归时，九经散后，何物斯文。幽氛。怕天醉老，任荒榛惨月虎窥人。题叶商声四敛，怎禁一纸黄昏。

兰陵王·寻梅

小亭北。还拟飞琼雪宅。吹弹破，三蕊两花，兀自幽清吐林陌。生香祇悄寂。长隔。风蓑雨笠。低回处，禽语嫩怜，相约惊心过苔屐。
罗浮旧魂魄。被土气腥衣，云髓分色。胭脂铅粉都难画。添抱铁斜干，借灯残墨。金铃千万许护得。软尘恨无力。 江汐。唤舟鹢。算绿浦波深，红墅梁窄。何堪寄与天涯客。奈中酒扶梦，为春消厄。倾城仙蕾，一树树，浸露白。

（原载《中国金融文学》2018 年第 2 期）

▍作者简介

李静凤，女，南京人，甲辰冬生于扬州，江苏省诗词协会副会长，江苏省昆曲研究会理事，供职于中国工商银行江苏省南京浦口支行。多次担任全国诗词大赛主评委。编有《高二适诗集》等多部民国及当代诗词名家别集，参与大型丛刊《二十世纪诗词文献汇编》等项目。著有《散花集》。

■ 宋翰乙

词五首

南歌子 · 中秋

曲苑风荷老，平湖露苇黄。苍茫柳色映寒塘，正是西风紧处、雁成行。

览史春秋短，观书日月长。吟读自在品茗香，任他星移斗转、又何妨。

西江月 · 翠雀花

燕语难说暑热，蝉鸣欲诉秋凉。螽斯动股透纱窗，婉转低吟浅唱。

自在花开烂漫，逍遥云舞霓裳。如茵翠雀满山岗，变换人间气象。

卜算子·早春游卧佛寺

烂漫腊梅香，寂寞禅林静。暮鼓晨钟几百年，看尽黄花影。

久已忘机心，似梦人初醒。迷醉清姿无尽时，无畏松风冷。

调笑令·秋草

秋草，秋草，秋到尽时心老。无诗无酒斜阳，欲梦欲醒夜长。长夜，长夜，寂寞一钩残月。

长相思·小暑夜闻蝉鸣

蓝花愁，紫花愁，络纬空啼恨不休。风催暑气收。

天悠悠，地悠悠，斗转星移夏复秋。光阴似水流。

（原载《金融博览》2017 年第 9 期）

作者简介

宋翰乙，毕业于中国人民大学，现就职于中国工商银行总行。曾荣获 2016 年中央国家机关"先进党务工作者"称号，2017 年全国金融五一劳动奖章获得者。中国金融作家协会会员。词作先后在《金融文学》《金融博览》等刊物发表。

诗词五首

■ 刘志安

凤箫吟·秋日登长城

刘志安

正秋凉，飞鸿声里，苍龙横亘东西。秦关连汉阙，胡天衔渤海，众山低。三千年故事，历沧桑，道与谁知。怎料得，墙高堞厚，不敌夷蹄。

当思，从来天下势，休消说，树弱风欺。几番凌辱史，一朝才得雪，莫忘当时。硝烟成过往，看禹甸，北牧南犁。喜不胜，铺笺蘸墨，《芳草》成词。

沁园春·登南京明城墙咏怀

巍巍金陵，烈烈雄风，千古地标。看虎蟠龙踞，江河滟滟；九蕃共拜，八域朝朝。玄武波光，秦淮烟柳，多少英雄逐浪涛。至今日，唯馀坚墙堞，屹立云霄。
转头六百年消，喜当代、政通士气高。引四方豪聚，
五洲商汇；物丰民阜，雨顺风调。鹏鸟翔空，巨龙跃江，
万木葱茏花更夭。极目望，纵楚吴千里，独领风骚。

满庭芳·登泰山览胜

势镇三江，威加四岳，引来五帝流连。逶巡古径，凭
揽尽奇观。御道盘桓登顶，触手处、已是青天。更休
说，山崖断处，妙笔著先贤。
今朝当胜昔，聚英荟萃，物阜民安。举望眼，难分阆
苑人间。广厦稼禾平野，斜阳里、鱼跃花鲜。情儿醉，
待明月夜，把酒听丝弦。

（前三首原载《江海诗词》2017 年第 4 期）

水调歌头·参观大梨树村咏怀

形胜悦宾客，晴日暖华邦。凤城聚会，聆听百姓话梨乡。
精制回春良药，力拨前行迷雾，丰美勇担当。奋臂拓
荒野，桃李漾馨香。
穿雨巷，寻足迹，看春江。波光灯火辉映，欸乃诉衷肠。
凤鸟翩跹水上，青女操琴月下，极目果山望。干劲荡
豪气，红旆彩云扬。

端午感怀

风雅谁将祭屈魂，汨罗端午酒应温。

行吟庙野犹怀国，独立朝堂自叹坤。

一叶幽兰香晚照，千秋桂橘艳晨暾。

莫嫌纸贵多流韵，只遣诗文报楚尊。

（后二首原载《中国金融文学》2018 年第 1 期）

▌作者简介

　　刘志安，中国金融作家协会会员，江苏省作家协会会员，中华诗词学会会员，江苏金融作家协会会员，现就职于江苏盱眙农村商业银行。2008 年开始从事文学创作，曾在《新华日报》《扬子晚报》《中国金融文学》《中国金融文化》《金融文坛》《江海诗词》《诗词世界》等报刊发表散文、小说、诗词作品。著有散文集《情触山水间》。

黄花沟赋

■ 胡 马

九州北域，阴山东岗，有辉腾锡勒黄花沟焉。水草丰美，山花芬芳。飘扬牧歌，游动牛羊。尔其壑谷奇幽，崖壁堂皇。无华岳之高伟，而隐于草野；远瞿塘之险势，而幽以蕴藏。盖以气娴神仪，名播声飏。倚四纪冰川之遗存，其貌斑驳；仰千秋蒙元之文化，其风莽苍。况乎览胜之地，悠悠古朴，避暑之都，爽爽清凉。噫嘻！九十九域神泉兮，一代天骄曾立马；三十三天飞雁兮，道武大帝亦凝望。

若夫既臻隘口，俯眺峦冈。绿树环合，芳草无央；烟峦迥立，叠巘舒张。笼翠微岚，恰初曦之流霞；披壁彩岫，若玉虚之灵光。至尔移步幽谷，放眼黛苍。山花熠熠，流水琅琅；磐石磊磊，白云洋洋。奇石嶙峋，叹造化之巧丽；木阶曲折，览乾坤之精详。至于龙盘虎踞，瀑落鹰翔。则凝眸流连，漫步徜徉。

观夫独贵林，白桦之干密密；神葱沟，绿植之树行行。双驼峰，逸致卧于绝顶；神龟岭，闲情伏于艳阳。木鱼台端庄而幽寂；佛手山挺拔而杳茫。仙人洞，疑团悬念于奥邃；挂瀑崖，飞珠溅玉而耀芒。剑门山裂天于竦石，卧龙峰游浪于遐疆。一镜天，窥清穹之朗朗；三叠泉，扬碧水之汤汤。山势险峻兮奇峰突兀，曲径通幽兮鸟语花香。

至若索道向天，万仞凌虚；放马归程，纵目绵长。鲜英图画，铺锦幅于圣域；回峦列屏，展挂轴于玄黄。且夫长调悠回，迎远客于旷野；奶茶飘香，待游人于毡房。手把羊肉感于质朴；斗碗奶酒品乎骁强。何去何来，不醉不狂。

大风起兮激越，豪气纵兮轩昂。嗟夫！沟秀地灵，哈达飘拂祝福；气爽情瀚，银碗捧出吉祥。风情天籁，歌舞飞觞。幸哉也投缘神沟，有斯矣何慕他方？

注：一代天骄曾立马；道武大帝亦凝望。传说辉腾锡勒草原上成吉思汗曾立马挥鞭巡游九十九泉，拓跋珪曾筑起石屋观看大雁北归。

（原载《中华辞赋》2018 年 7 月号）

‖ **作者简介**

胡马，内蒙古察哈尔右翼中旗人，中国诗歌学会会员，内蒙古作家协会会员，中国金融作家协会会员。现任中国农业银行内蒙古分行第二巡视组组长。出版诗集《花之魂》《月之韵》《草之梦》和《风过草原》《风情草原》等。曾获中国金融作家协会首届中国金融文学奖诗歌奖和第三届中国金融文学奖诗词奖，上海诗词学会、《文学报》"西江月杯"全国诗歌奖。

环保赋

■ 张亚君

世间万象，皆循定律。大美河山，包容万物；葱茏四季，
点缀千奇。冷月圆缺，晨阳西暮；春风冬雪，夏雨秋耆。
皆为律托，衡不可欺！

万物繁衍，顺天理，适得其所；六维造势，接地溟，
互为关联。食肉者亡，畜泛滥，草覆何焉？蛙鸟尽，
昆虫聚，树覆何焉？草木皆无，人何以安？生态失衡，
链条断裂；地球裸露，悲剧何堪？故天公以规框之，
以律衡之。始有无限生机，飞禽走兽；风调雨顺，绿
水青岚。循律而行，物之所昌：观五大连池，神奇九寨；
瑶琳仙境，南海龙湾。秀逸三峡，蜀南竹海；黄果瀑
布，桑植陵源。缥缈奇特金丝洞；重峦叠嶂井冈山。
赏圣域琼瑶，云腾雾霭；蜃楼海市，鹤舞中天。瀑落
千寻照碧空，凤翔紫阙；峰拔万仞冲霄汉，龙戏清潭。
游人观止，慨天赐宏恩，如此这般！

若逆律而动，天必惩戒：溯夫蔽日黄沙，楼兰何在？飞尘戈壁，寸草难还。罗布泊尽绝飞鸟，大漠情无泪可潸。赤潮生祸，冰雪黯然。污水横流，侵蚀大气；天坑突涌，退化草原。乱砍滥伐，流失水土；污荒废壤，吞腐良田。沙尘暴势如奔马；枯水潮肆意挥鞭。远去清香卉海；飞来碱地沙滩。盲目开采，水位下降，温室效应，海水升攀。呜呼！莅岸城市垂风险；濒泽海浪困家园。母乳吸空，儿孙何幸？家门伏虎，岂能安然。累累伤痕之地球，一杯毒酒怒天残。

溯夫！有前瞻者，奋笔毫，陈利害，证推敲。言血魔之附体，癌变之细胞。阐大地之呻吟，江河悲泣；森林之匿迹，海水怒号。呼近利止戈，警钟馈耳；唤长期治理，后代铺桥。故迷人初醒，始有联合国之机构，环境署之协调。庆百国共识，趋利避害，减碳低耗。掬竭泽而渔，杀鸡取卵；饮鸩止渴，空气超标。环保日人心凝聚，冰雪融泛起春潮。

庆夫！泱泱大国，幡然醒悟：举环保之大纛，为华夏而振兴。持绿色之理念，秉环保之章宗。宏观决策：推公园之建设；施生态之文明。理论飙升彰国策；和谐共建促初衷。决断处，清除污染刀锋快；激励节能政路通。植树造林，恢复生态，青山又翠，沟壑复葱。野兽啸星月；绿草潜飞鸿。净化源泉，溪流见澈；捕鱼休假，海水深耕。湿地修复，又见红鸭白鹭；核能发电，节约煤炭风清。太阳能，风能寰球翘楚；小煤矿，污矿华夏消踪。还资源之宝库；复云雨之故宫。看碧水濯芙，蜻蜓点水；高天湛蓝，丽日云彤。虎啸山林，鹰翔天际；鸟鸣翠岭，虫隐花丛。虽成效初显，然预期可待，矢志不渝，定可升腾。

嗟夫！善待地球，繁衍物种；节约矿产，普惠儿孙。

行环保之风，善莫大焉，做环保之民，仁厚可亲。节水一滴，功德无量；育苗一木，慈爱天心。贪婪盈祸水，私欲种祸根。中国梦贵在坚持，华夏魂重在躬身。留得青山在，福气满乾坤。

（原载《金融文坛》2018 年第 3 期）

作者简介

张亚君，中国金融作家协会会员，中华诗词学会会员，内蒙古作家协会会员，供职于中国农业银行内蒙古赤峰市分行。出版《玉龙吟》《玉龙魂》《沃野犁痕》《张亚君文集》等专辑。曾获 2013 年全国总工会"中国梦·劳动美"诗词创作大赛古诗词类三等奖。

黄鹤楼赋

■ 冯方云

大江发轫岷峨，出三峡，入江汉，滚滚东去，白浪滔滔；阔鄂渚，翼云梦，澄江似练，饮霞含烟。昔孙吴襟带三国，问鼎中原，乃建烽燧于高山之上，俯瞰大江，傲视荆襄。万家楼台随波远去，百战江山渊峙长雄，传昔有仙人自此乘黄鹤飞天，而留遗迹于此间。雁唳长空，视通万里之遥；楼起高山，思接千载之绪。芳草郢树，西风芦洲，寂寞繁华百感交集；翼轸星躔，地接江汉，风神翰墨且在楼中。佳作纷呈，林林总总，不可胜数，佼佼者乃有唐崔生之诗，宋岳飞之词，清张之洞之联。丝竹陶耳，徒有靡靡之音；诗文传世，方是黄钟大吕。江山多娇，登临何尽，岁次癸巳，月临仲秋，日在壬午，予乃有武昌黄鹤楼之游。

楼高五层，拾级而上，雕梁画栋，气势巍峨，精彩纷呈，美不胜收。斯楼倚河汉，临江流，但见龟蛇并锁大江，一桥飞架南北。三秋蒲帆纷纷，几笛梅花簌簌。两江风物，尽在眼前；三楚精神，最美于斯。游人如织，慕名远来，熙熙攘攘，摩肩接踵。斯楼越唐宋元明，多遭兵革，屡仆屡起，屡废屡兴，清同治年间又遭大火，片瓦因之不存。人民共和政府于公元一千九百八十五年重建黄鹤楼于武昌蛇山之上，三镇踊跃，九州欢腾。汉阳之树非旧，鹦鹉之洲不存，而斯楼重现，雄姿英发，犹胜往昔。鹤载仙人，几度沧桑变化；鹰扬元老，都归云树苍茫。怜之惜之，何止三叹耶！予以为斯楼神仙之传，述异之志，不过小道耳。呜呼，而苍天不忍沉沦斯楼，为有胜迹在之，国手神之，人文化之，斯楼也，为我中华上国辉煌文明之结晶也，勒之金石，铭之史籍，传之人心。噫！大匠国手，屡复千古名胜；仙人玉笛，长吹一片升平。前溯往事，后接万载，历代屡建斯楼，乃愿神州长治久安，社稷坚如磐石耳。

昔贤整顿乾坤，缔造多从江汉起；今日交通文轨，登临不觉亚欧遥。武昌为中华腹心之地，九省通衢，英杰才俊，多孕于斯，更为共和肇始之所，亦必为民族复兴之源。赏花遣客逢秋月，放笔题诗在鄂州，予何幸之。惟天听自我民听，天视自我民视，复兴中华民族，重铸汉唐荣光，乃十三兆生民共同之宏愿也。国势衰而楼颓，国势张而楼兴，史实在胸，予乃警之。噫！大工之兴必逢盛世，盛世之业当赋雄文，雄文之高华可振人心也。一楼之存废，可见国家之兴衰哉！

江南三大名楼，湘有范文正之《岳阳楼记》，赣有王子安之《滕王阁序》，鄂黄鹤楼西控岳阳，南凌滕阁，气势犹过之。虽有名诗佳联镌之，却无雄文配享。予以江左布衣，躬逢盛世，不揣浅陋，凭栏于两湖大熟之季，访鹤在神州丰登之节，三秋之令由吴入楚，吴

音媚好，只堪浅吟；楚歌雄放，恰能长啸，乃作此文，
抛砖引玉，更期潘江陆海，燕文许笔，再镌斯楼，又
为斯楼增一华章，更为我中华民族复兴谱一序曲耳！

（原载《中国金融文学》2016年第1期）

▌作者简介

　　冯方云，中国金融作家协会会员，中华诗词学会
会员，供职于中国银行江苏句容支行。曾在《中国金
融文学》《金融文坛》《中国金融文化》《新华日报》
等报刊发表散文、诗歌等作品。

后记

接受选编《当代金融文学精选》诗歌卷的任务，我们深感荣幸，也颇为忐忑。这是中国金融作家协会部署的一项文化工程和文学课题。这是首次对金融系统诗歌创作活动和成果的一次全面梳理和品质检阅，使命光荣，责任重大，意义深远。虽然我们自身文学修养和诗歌造诣有限，但欣然受命，全力以赴，精耕细作，尽最大努力把此项工作做实、做好。

诗歌卷分为现代诗与古体诗两辑。

作品的征集选编工作，包括三个阶段：一是对由作者自行申报的作品，按照规定的精选条件进行初选，确定了初步的入选作品和备选作品，并进行信息梳理；二是对初选与备选篇目进行第二次筛选，对两次入选作者及作品分别建立个人文档，并按作者介绍、作品、发表报刊与时间等排序、编目，形成入选作品清单；三是对个别没有及时申报的诗歌作者及其作品进行补编。选编中，我们以作品发表和获奖的层次为前提，同时体现系统性、广泛性和代表性。比如，金融题材、红色主题、扶贫故事和反映边远地区风俗民情等的作品，也选了进来；有作者的作品数量偏少，但只要符合条件，有一首选一首。

经过上述多轮次、多层面的筛选把关之后，我们对所有入选作品进行了多次的检视和选编，逐一地对所有入选作者简介进行审核、精简，理顺文理。并对作品内容进行校对、调整格式，对各类相关信息做了必要的删减处理和篇幅编排。本卷入选 99 位诗人近四百首（篇）作品。其中现代诗 75 人近三百首。古体诗、词、赋 24 人近百首（篇）。金融诗歌作者的作品质量和创作水平得到了比较客观充分的展现。

此次选编作品要求为 2018 年 12 月底前在各类大赛中获奖的文学作品、在省级以上报刊公开发表和正规出版社出版的优秀文学作品等。诗歌卷选编的作品发表时间从 1990 年到 2018 年，时间跨度近三十年，入选作者年龄从"40 后"到"90 后"，年龄跨度四十多岁。作品发表刊物从《人民文学》《当代》《诗刊》《星星》到《金融时报》《中国金融文学》及众多省地级刊物和各类年选丛书，地理覆盖面和层级涉及面极为广泛，既有高度、宽度，又特殊性和普遍性兼顾，个性和共性并存。可以说，这是对金融作家诗歌创作成果的一次大检阅，也是金融文学对建国七十周年的一份诗意献礼。

不可否认，诗歌卷中，并非全部都是"高精尖"作品，也不乏稍显稚嫩之作。这其实是金融作家队伍的真实面貌，也是大家继续努力精进的动力，匠心出精品，是我们共同的追求。

综观诗歌卷，作者新老交会，作品生熟参差，但一个共同的特点是：作品是真诚的，是有爱的，是走心的。作品反映出作者对文学梦想的执着坚守、对诗歌表达的积极尝试，值得肯定与鼓励。同时，我们应该正视差距和不足，今后也要加强专业学习和文学交流，使一些金融作家的优秀作品、优良作风得到更好的传播和传承。

瑕不掩瑜。可喜的是，我们挖掘了一批笔耕不辍又颇有建树的老作家们的力作，我们发现了一批才华横溢、勤奋写作又颇具潜力的文学青年的佳作。前有榜样，后有来者，就这样前赴后继，令人欣慰。文无第一，学海无涯，前路漫漫，同心同行。

毋庸置疑，《当代金融文学精选》的出版是金融文学的一大盛事，也是金融作家的一大福音。可以预见，这套丛书的出炉，将极大地鼓舞广大金融作家致力于金融文学创作，也将极大地激发诗人们的灵感。文学依然神圣，诗歌在更高意义上能够给我们带来一种精神的辨认与明亮。我们握着的笔是用来书写的，我们书写的文字是要去讴歌的，讴歌诗意的金融、诗意的中国、诗意的时代。

千山静默，万物歌唱。诗歌让生命迸射光芒，照亮远方。

罗鹿鸣 吴群英 龚仲达

2019 年 8 月 18 日